亦舒作品

亦舒
作品
○2

亦舒 著

我的前半生

湖南文艺出版社
HUNAN LITERATURE AND ART PUBLISHING HOUSE
博集天卷
CS-BOOKY

目录

你的生命长得很，
没有人为离婚而死，
你还要为将来的日子打算。

一个女人有好丈夫支撑场面，
顿时身价百倍，
丈夫一离开，
顿时打回原形了。

七 _151

这一年来我了解到钱的重要，有钱，
就可以将生活带入更舒适的境界。
感情是不可靠的，物质却是实实在在的。

八 _175

这一年来在外头混，
悟得个真理，若要生活愉快，
非得先把自己踩成一块地毯不可，
否则总有人来替天行道，挫你的锐气。

九 _197

堕落是愉快的，
子君，像一块腐臭的肉等待死亡，
倒是不用费劲。
子君，你试过往上爬吗？
你试试看。

十 _223

我把前半生用来结婚生子，
唐晶则把时间用来奋斗创业，
然后下半生互相调转，各适其适。

十一 _247

他是为我而来？不不，不可能，一切应在机缘巧合，
他到了回家的时候，我偏偏又在这里，
他在此地没有熟人，我们名正言顺地熟络起来。

十二 _273

醒来时空中小姐在派橘子水，
我摆摆手示意她别吵醒翟君，她会心地离开。

一

你的生命长得很，没有人为离婚而死，你还要为将来的日子打算。

闹钟响了，我睁开眼睛，推推身边的涓生，"起来吧，今天医院开会。"

涓生伸过手来，按停了闹钟。

我披上睡袍，双脚在床边摸索，找拖鞋。

"子君。"

"什么事？"我转头问。

"下午再说吧，我去看看平儿起床了没有。"我拉开房门。

"子君，我有话同你说。"涓生有点急躁。

我愕然，"说呀。"我回到床边坐下。

他怔怔地看着我。涓生昨夜出去做手术，两点半才回来，睡眠不足，有点憔悴，但看上去仍是英俊的，男人就是这点占便宜，近四十岁才显出风度来。

我轻轻问："说什么？"

他叹口气，"我中午回来再说吧。"

我笑了。我拉开门走到平儿那里去。

八岁的平儿将整张脸埋在枕头里熟睡，他的头长得比其他的孩子都大，人比其他的孩子稚气，人家老三老四什么都懂，他却像盘古初开天地般混沌，整天捧着漫画书。

我摇他，天天都要这样子摇醒他上学，幸亏只有一个儿子，否则天天叫孩子起床，就得花几个钟头。

十二岁的安儿探头进来，"妈妈，你在这儿吗？我有事找你。"她看看在床上咿唔的弟弟，马上皱上眉头，"都是妈妈惯成这样的，下次不起床，就应该把他扔进冷水里。"

我笑着把平儿拉起来，那小子的圆脑袋到处晃，可爱得不像话，我狠狠吻他的脸，把他交在用人阿萍的手里。

安儿看不顺眼，她说："妈妈假如再这样，将来他就会变成娘娘腔。"

我伸个懒腰，"将来再说吧。你找我干什么？"

"我那胸罩又紧了。"安儿喜悦地告诉我。

"是吗？"我讶异，"上两个月才买新的，让我看看。"

我跟到女儿房间去，她脱下晨褛让我观察。

安儿的胸部发育得实在很快，鼓蓬蓬的俨然已有少女之风，我伸手按一按她的蓓蕾。

她说："好痛。"

"放学到上次那个公司门口等我，陪你买新的。"

她换上校服，"妈妈，我将来会不会有三十八寸的胸？"非常盼望的样子。

我瞪她，"你要那么大的奶子干吗？"

她不服气地说："我只是问问而已。"

我答："要是你像我，不会超过三十四。"

她说："或许我青出于蓝而胜于蓝呢？"

我说："你自己处处小心点，别撞痛了胸部——"

她挽起书包走出房门去。

"咦，你这么早到哪里去？"我问她。

"我自己乘车，已经约了同学。"她说，"我们下午见。"

我回到早餐桌上，平儿在喝牛奶，白色的泡沫缀在他的上唇，像长了胡子。

涓生怔怔地对牢着黑咖啡。

我说："安儿最近是有点古怪，她仿佛已从儿童期踏入青少年阶段了，你有没有注意到？"

涓生仍然呆呆的，不知道在想些什么。

"涓生！"

他站起来，"我先去开会，中午别出去，我回来吃饭。"

"天气凉，你穿够衣服没有？"

他没有回答我，径自出门。

我匆匆喝口红茶，"阿萍，将弟弟送下去，跟司机说：去接他的时候，车子要停学校大门口，否则弟弟又找不到，坐别人的车子回来。"

平儿问："我的作业呢？今天要交的。"

"昨天已经放进你的书包里去了，宝贝，"我哄他出门，"你就要迟到了，快下楼。"

平儿才出门，电话铃响，我去接听。那边问："好吗，幸福的主妇？"

"是你，唐晶。"我笑，"怎么？又寂寞至死？从没见过像你这么多牢骚的女人。"

"嘿！我还算牢骚多？夏虫不可以语冰。"

"是不是中午吃饭？饭后逛名店？到置地咖啡厅如何？"

"一言为定，十二点三刻。"唐晶说。

我总算松了一口气。

女佣阿萍上来了，"太太，我有话说。"她板着一张脸。

我叹一口气，"你又有什么要说？"

"太太，美姬浑身有股臭臊味，我不想与她一间房睡。"

美姬是菲律宾工人，与阿萍合不来。

"胡说，人家一点也不臭。"我求她，"阿萍，你是看着弟弟出生的，这个家，有我就有你，你还有什么不称心的呢？万事当帮帮我忙，没有她，谁来做洗熨、刷地板、揩玻璃窗？"

她仍然后娘般的嘴脸。

"要加薪水是不是？"我问。

"太太，我不是那样的人。"

我尖叫一声，"你究竟是怎样的人呢？你是不是要跟先生睡呢？我让你。"

阿萍啐我，"要死嘛，太太，我五六十岁的人了，太太也太离谱了。"她逃进厨房去。

我伏在桌子上笑。

门铃响，美姬去开门，进来的是母亲。

"咦，"我说，"妈妈，你怎么跑来了，幸亏我没出去，怎么不让我叫司机来接你？"

"没什么事，"妈妈坐下，"子群让我来向你借只晚装手袋，说今晚有个宴会要用一用。"

我不悦，"她怎么老把母亲差来差去。"

"她公司里忙，走不开，下了班应酬又多。"

"要哪一只？"我问。

"随便吧。"母亲犹豫，"晚装手袋都一样。"

"我问问她。"拨电话到她写字楼去。

子群本人来接听，"维朗尼加·周。"她自报姓名。

我好笑，"得了女强人，是我，你姐姐。要借哪一只手袋？"

"去年姐夫送的 18K 金织网那只，"她说，"还有，那条思加路织锦披肩也一并借来。"

"真会挑。"

"不舍得？"

"你以为逢人都似这般小气？我交给妈妈给你，还有，以后别叫妈妈跑来跑去的。"

"妈妈有话跟你说，又赖我。姐夫呢，出门了？"

"今天医院里开会，他早出门去了。"

"诊所生意还好吧？"

"过得去。"

"丈夫要着紧一点。"

"完了没有？我娘只给我生了一对眼睛。"

"戚三要离婚了，你知道不？"

我讶异，"好端端的为什么离婚？"

"男人身边多了几个钱，少不了要作怪。"她笑，"所以姐姐呀，你要当心。"她挂了电话。

我骂："这子群，疯疯癫癫的十三点。"

妈妈说："子君，我有话跟你说。"

我翻出手袋与披肩交给母亲，又塞一千元给她。

"子君，"母亲问我，"涓生最近对你好吗？"

"老样子，老夫老妻了，有什么好不好的，"我笑，"大哥有没有来看你们？"

"直说忙。"

我说："搓起牌来三日三夜都有空。"

母亲说："子君，我四个孩子中，最体贴的还是你。你大哥的生意不扎实，大嫂脾气又不好，子群吊儿郎当，过了三十还不肯结婚，人家同我说，子群同外国男人走，我难为情，不敢回答。"

我微笑，"什么人多是非？这年头也无所谓的了。"

"可是一直这样，女孩子名声要弄坏的……"

"妈，我送你回去吧。"我拍拍她的肩膀。

"不用特地送我。"

"我也要出去做面部按摩。"

"很贵的吧，你大嫂也作兴这个，也不懂节省。"

我跟阿萍说："我不在家吃午饭。"

"可是先生回来吃呢。"阿萍说。

"你陪涓生吧。"母亲忙不迭地说。

我沉吟，"但是我约了唐晶。"

母亲不悦，"你们新派人最流行女同学、女朋友，难道她们比丈夫还重要？我又独独不喜欢这个唐晶，怪里怪腔，目中无人，一副骄傲相，你少跟她来往。"

我跟阿萍说："你服侍先生吃饭，说我约了唐小姐。"

母亲悲哀地看着我，"子君，妈劝你的话，你只当耳边风。"

我把她送出门，"妈，你最近的话也太多了一点。"

我们下得楼来，司机刚巧回来，我将母亲送了回家，自己到碧茜美容屋。

化妆小姐见了我连忙迎出来，"史太太，这一边。"

我躺在美容椅上，舒出一口气，真觉享受。女孩子在我脸上搓拿着按摩，我顿时心满意足了。这时唐晶大概在开会吧，扯紧着笑容聚精会神，笔直地坐一个上午，下班一定要腰酸背疼，难怪有时看见唐晶，只觉她憔悴，一会儿非得劝劝她不可，何必为工作太卖力，早早地找个人嫁掉算了。

"——史太太要不要试试我们新出的人参面膏？"

我摆摆手说不要。

温暖的蒸气喷在脸上怪受用的。

只是这年头做太太也不容易，家里琐事多，虽然唐晶老说"做主妇大抵也不需要天才吧"，但运气是绝对不能缺少的，不然唐晶如何在外头熬了这十多年。

做完了脸我看看手表，十一点三刻，洗头倒又不够时间了，不如到处逛逛。

我重新化点妆，看上去容光焕发，缓步走到置地广场。有时真怕来中环，人叠人的，个个像无头苍蝇，碰来碰去，若真的这么赶时间，为什么不早些出门呢？

满街都是那些赚千儿两千的男女，美好的青春浪费在老板的面色、打字声与饭盒子中，应该是值得同情的，但谁开心呢？

我走进精品店里，有人跟我打招呼："史太太。"

"哦，姜太太，可好？"连忙补一个微笑。

"买衣服？"姜太太问道。

"我是难得来看看，你呢，你是长住此地的吧？"我说。

"我哪儿住得起？"

"姜太太客气了。"

我挑了两条开司米呢长裤，让店员替我把裤脚钉起。

姜太太搭讪说："要买就挑时髦些的。"

我笑着摇摇头，"我是古老人，不喜款式。"有款式的衣服不大方。

姜太太自己在试穿灯笼袖。

我开出支票，约好售货员下星期取衣服。

"我先走一步了，姜太太。"

"约了史医生吃中饭？"她问。

"不，约了朋友，"我笑，"不比姜先生跟你恩爱呢。"

她也笑。

我步出精品店。

听人说姜先生不老实，喜欢听歌，约会小歌星消夜之类，趣味真低。但又关我什么事呢？

我很愉快地找到预订的桌子，刚叫了矿泉水，唐晶就来了。

她一袭直裙、头发梳个髻，一副不含糊的事业女性模样，我喝声彩。

"这么摩登漂亮的女郎没人追？"我笑。

她一坐下就反驳，"我没人追？你别以为我肯陪你吃午饭就是没人追，连维朗尼加·周都有人追，你担心我？"

我问："我那个妹妹在中环到底混得怎么样了？"

"最重要是她觉得快乐。"唐晶叹口气。

我们要了简单的食物。

"最近好不好？"我不着边际地问。

"还活着，"唐晶说，"你呢，照样天天吃喝玩乐，做医生太太？"

我抗议，"你口气善良点好不好？有一份职业也不见得对社会、对人民有大贡献。"

唐晶打量我，"真是的，咱们年纪也差不多，怎么你还似小鸡似的，皮光肉滑，我看上去活脱脱一袋烂茶渣，享福的人到底不同。"

"我享什么福？"我叫起来，"况且你也正美着呢。"

"咱们别互相恭维了，大学毕业都十三年了。"唐晶笑。

我唏嘘，"你知道今早女儿跟我说什么？她问我她将来会不会有三十八寸的胸，一会儿我要陪她买胸罩去。"

唐晶倒抽一口冷气，"胸罩，我看着出生的那小宝宝现在穿胸罩了？"

"十岁就穿了，"我没那么好气，"现在天天有小男生等她上学呢。"

"多惊人，老了，"唐晶万念俱灰地挥着手，"真老了。"

我咕哝，"早结婚就是这点可怕。你看，像我，大学未毕业就匆匆步入教堂，一辈子就对牢一个男人，像他家奴才似的。"

唐晶笑，"恐怕是言若有憾而已。我等都等不到这种机会。"

"我倒是不担心我那妹子，她有点十三点，不知多享受人生，你呢？何时肯静下来找个对象？"

唐晶喝一口咖啡，长叹一声。

"如果有一桩好婚事，将母亲放逐到撒哈拉也值得。"她说。

我白她一眼，"你别太幽默。"

"没有对象啊，我这辈子都嫁不了啦。"她好不颓丧。

"你将就一点吧。"我劝她。

唐晶摇摇头，"子君，我到这种年龄还在挑丈夫，就不打算迁就了，这好比买钻石表——你几时听见女人选钻石表时态度将就？"

"什么？"我睁大了眼睛，"丈夫好比钻石表？"

唐晶笑，"对我来说，丈夫简直就是钻石表——我现在什么都有，衣食住行自给自足；且不愁没有人陪，天天换个男伴都行，要嫁的话，自然嫁个理想的男人，断断不可以滥竽充数，最要紧带（戴）得出。"

"见鬼。"我啐她。

她爽朗地笑。

我很怀疑她是否一贯这么潇洒，她也有伤心寂寞的时候吧？但忽然之间，我有点羡慕唐晶。多么值得骄傲——衣食住行自给自足。一定是辛苦劳碌的结果，真能干。

"涓生对你还好吧？"唐晶问。

"他对我，一向没话说。"

唐晶点点头，欲言还休的样子。

我安慰她，"放心，你也会嫁到如意郎君。"

唐晶看着腕上灿烂的劳力士金表，"时间到了，我得回办公室。"

我惋惜说："我戴这只金表不好看，这个款式一定得高职妇女配用。"

唐晶向我挤挤眼，"去找一份工作，为了好戴这只表。"

我与她分手。

我看看时间，两点一刻，安儿也就要放学了。下个月是涓生的生日，我打算送他一条鳄鱼皮带做礼物。羊毛出在羊身上。还不都是他的钱，表示点心意而已。

选好皮带，走到连卡佛，安儿挽着书包已在门口等我。她真是高大，才十二岁，只比我矮两三寸，身材容貌都似十五岁。

见到我迎上来，老气横秋地说："又买东西给弟弟？"

"何以见得？"我拢拢她的头发。

"谁都知道史太太最疼爱儿子，因爸爸是独生子，奶奶见媳妇头胎生了女儿，曾经皱过眉头，所以二胎得了儿子，便宠得像迟钝儿似的。"

"谁说的？"我笑骂，"嚼舌根。"

"阿姨说的。"

子群这十三点，什么都跟孩子说，真无聊。

"她还讲些什么？"

"阿姨说你这十多年来享尽了福，五谷不分，又不图上进，要当心点才好。"安儿说得背书似的滑溜。

我心头一震。看牢安儿。

使我震惊的不是子群对我的妒意与诅咒。这些年来，子群在外流落，恐怕也受够了，她一向对我半真半假地讥讽有加，我早听惯，懒得理会。

使我害怕的是女儿声音中的报复意味。

这两三年来我与她的距离越拉越远，她成长得太快，我已无法追随她的内心世界，不能够捕捉她的心理状况。她到底在想什么？

她怪我太爱她弟弟？我给她的时间不够？

我怔怔地看住她，这孩子长大了，她懂得太多，我应该怎样再度争取她的好感？

我当下装作若无其事地说："你阿姨老以为女人坐办公室便是丰功伟绩，其实做主妇何尝不辛苦呢？"

"是吗？"没料到安儿马上反问，"你辛苦吗？我不觉得，我觉得你除了喝茶逛街之外，什么也没做过。家里的功夫是萍姐和美姬做的，钱是爸爸赚的，过年过节祖母与外婆都来帮忙，我们的功课有补习老师，爸爸自己照顾自己。妈妈，你做过什么？"

我只觉得浊气上涌，十二岁的孩子竟说出这种话来，我顿时喝道："我至少生了你出来！"

百货公司里的售货员都转过头来看我们母女。

安儿耸耸肩，"每个女人都会生孩子。"

我气得发抖。

"谁教你说这些话的？"我喝问。安儿已经转头走掉了，我急步追出去，一恍眼就不见她了。

司机把车子停在我跟前，我一咬牙上车，管她发什么疯，我先回家再说，今晚慢慢与她说清楚。

到了家我的手犹自气得发抖，阿萍来开门，我一眼看到涓生坐在客厅的中央。

"咦，你怎么在家？"我皱起眉头问。

涓生说："我等你，中饭时分等到现在。"

"干什么？"我觉得蹊跷。

"我有话跟你说，我记得我叫你中午不要出去。"涓生一字一字说出来，仿佛生着非常大的气。

今天真是倒霉，每个人的脾气都不好，拿着我来出气。

我解释，"可是唐晶约了我——对了，我也有话要说，安儿这孩子疯了——"

"不，你坐下来，听我说。"涓生不耐烦。

"什么事？"我不悦，"你父亲又要借钱了是不是，你告诉他，如今诊所的房子与仪器都是分期付款买的，还有，我们现住的公寓，还欠银行十多万——"

"你听我说好不好？"涓生暴喝一声，眼睛睁得铜铃般大。

我呆住了，瞪住他。

"我只有一句话说，你听清楚了，子君，我要离婚。"

我的脑袋里"轰"的一声，"你说什么？"我失声，用手指着他，"史涓生，你说什么？"

"离婚，"涓生喃喃说，"子君，我决定同你离婚。"

我如遭晴天霹雳，退后两步，跌坐在沙发里。

我的内心乱成一片，一点情绪都整理不出来，并不懂得说话，也不晓得是否应当发脾气，我只是干瞪着涓生。

隔了很久，我告诉自己："噩梦，我在做噩梦，一向驯良，对我言听计从的涓生，不会做伤害我的事情，这不是真的。"

涓生走过来，扶住我的双肩。他张开口来，我听得清清楚楚，他说："子君，我已找好了律师，从今天起，我们正式分居，我已经收拾好，我要搬出去住了。"

我接不上气，茫然问："你搬出去？你要搬到哪里去？"

"我搬到'她'家里去。"

"'她'是谁？"

涓生讶然，"你不知道？你竟不知道我外头有人？"

"你——外头有人？"我如被他当胸击中一拳。

涓生说："天呀，全世界的人都知道，连安儿都知道，这孩子没跟我说话有两三个月了，你竟然不晓得？我一直以为你是装的。"

我渐渐觉得很疼，像一只无形的手在拍我的心，我缓缓知道事情的真相，涓生外面有了女人——也许不止短时间了——全世界人都知道——独独我蒙在鼓里——连十二岁的女儿都晓得——涓生要与我离婚——

我狂叫了一声，用手掩着耳朵，叫了一声又一声。

涓生脸上露出厌恶的表情，他一声不响地走进房内，出来的时候，他提着一只衣箱。

"你到哪里去？"我颤声问，"你不能走。"

涓生放下衣箱，"子君，你冷静点，这件事我考虑良久，我不能再与你共同生活，我不会亏待你，明天再与你详谈。"他说这番话像背书般流利。

"天呀！"我叫，"这只皮箱是我们蜜月时用的，你怎么可以这样对待我？"

"妈妈，让他走。"

我转头，看见安儿站在我身后。

"爸爸，你的话已经说完，你可以走了。"安儿坚定地面对她父亲，"何必等着看妈妈失态？"

涓生对安儿有点忌惮，他低声问："你不恨爸爸吧，安儿？"

安儿顶撞他，"我恨不恨你，你还关心吗？你走吧，我会照顾妈妈的。"

涓生咬咬牙，一转身开门出去了。

阿萍与美姬手足无措地站在我们面前，脸色像是世界末日来临似的。

安儿沉下脸对她们说："你们快去做事，萍姐，倒杯热茶给太太。"

我跟自己说："这不是真的，这不是真的。"脑袋一片混沌，我顺手抓住了安儿的手，当安儿像浮泡似的。

我无助地抬起头看安儿，她澄清的眼睛漠无表情，薄嘴唇紧紧地抿着。

我无力地说："安儿，你爸爸疯了，去把奶奶找来，快，找奶奶来。"

阿萍斟来了热茶，被我用手一隔，一杯茶顿时倒翻在地。

"妈妈，你静静，找奶奶来是没有用的，爸爸不要你了。"安儿冷冰冰地说。

他不要我了？我呆呆地想：这怎么可能呢？去年结婚十二周年日，他才跟我说："子君，我爱你，即使要我重新追求你，我也是愿意的。"

我的手瑟瑟发抖，他不要我了？怎么可能呢，他多年来没有一点坏迹……

阿萍又倒出茶来，我就安儿手喝了一口。

安儿问我："我找晶姨来好不好？"

我点点头，"好，你找她来陪我。"

安儿去打电话了，我定定神。

他外头有人？谁？连安儿都知道？到底是谁？

安儿过来说："晶姨说她马上来。"

我问："安儿，你爸爸的女朋友是准？"

安儿撇撇嘴，"是冷家清的母亲。"

"谁是冷家清？"

"我的同学冷家清，去年圣诞节舞会我扮仙子，她扮魔鬼的那个。"

我缓缓记忆起来，"冷家清的母亲不是电影明星吗？叫——"

"辜玲玲。"安儿恨恨地说，"不要脸，见了爸爸就缠住他乱说话。"

"电影明星?"我喃喃地说,"她抢了我的丈夫?"

可恨我对辜玲玲一点印象也没有,这些日子来我是怎么搞的?连丈夫有外遇也不知道。

涓生的日常生活并没有不正常的地方。日间他在诊所工作八小时,晚间有时出诊,周末有时候到医院做手术,十多年了,我不能尾随他去行医,夫妻一向讲的是互相信任。

我没有做错什么呀,家里大大小小的事从不要涓生担心,他只需拿家用回来,要什么有什么,买房子装修他从来没操过心,都由我来奔波,到外地旅行,飞机票行李一应由我负责,孩子找名校,他父母生日摆寿宴,也都由我策划,我做错了什么?

到外头应酬,我愉快和善得很,并没有失礼于他,事实上每次去宴会回来,他总会说:"子君,今天晚上最美丽的女人便是你。"我打扮得宜,操流利英语,也算是个标准太太,我做错了什么?我不懂。

至于在家,我与涓生一向感情有交流,我亦是个大学生,他虽然是个医生,配他也有余,不至于失礼,到底是什么地方出了毛病?

我呆呆地从头想到尾,还是不明白。涓生挂牌出来行医,还是最近这三年的事,我跟他在医院宿舍也足足住了十年,生活算不得豪华,身边总共只一个阿萍帮手,自己年轻,带着两个孩子,艰难挨过一阵子,半夜起床喂奶自然不在话下,生安儿的时候,涓生当夜更,直到第二天才到医院来看我,阵痛时还不是一个人熬着。

就算我现在有司机有用人，事前也花过一片心血，也是我应该得到的，况且涓生现在也不是百万富翁，刚向银行贷款创业……

而他不要我了。

他简简单单、清爽磊落地跟我说："子君，我决定同你离婚。"然后就收拾好皮箧行李，提起来，开门就走掉了。

他搬去同她住。

十多年的夫妻，恩爱情义，就此一笔勾销。

这种事怎么会发生在我身上？看别人离离合合，习以为常，但怎么会发生在我身上？

安儿推我一下，"妈妈，你说话呀。"她的声音有点惊恐。

我回过神来。我的女儿才十二岁，儿子才八岁，我以后的日子适应吗，叫我怎么过？我如坠下无底深渊，身体飘飘荡荡，七魂三魄悠悠，无主孤魂似的空洞洞。

忽然我想起，四点半了，平儿呢，他哪里去了？怎么没放学回来？

"平儿呢？"我颤声问道。"平儿到奶奶家去玩。"安儿答道。

"呵。"我应了一声。

涓生连女儿跟儿子都不要了。

他多么疼这两个孩子，那时亲自替婴孩换尿布，他怎么会舍得骨肉分离。

一切一切因素加在一起，涓生离开这个家庭是不可能的事，他不至于糊涂到这个地步。

他只是吓我的，我得罪了他，约好了陪他吃午饭又跑去见唐晶，他生气了，故此来这么一招，一定是这样的。

但随即连我自己也不相信有这样的事，只因我没陪他吃午饭？

我慢慢明白过来，涓生变心了，我那好丈夫已经投入别人的怀抱，一切已经成过去，从此他再也不关心我的喜怒哀乐。他看不到遥远的眼泪。

我的目光投向窗外，今天与昨天没有什么两样，是一个阳光普照的冬日。快圣诞了，但是南国的冬天往往只能加一件毛衣，令人啼笑皆非。

今天我还兴致勃勃地出去吃饭聊天购物，回到家来，已经成了弃妇。

太快了，涓生连一次警告也不给我，就算他不满我，也应该告诉我一声，好让我改造。

他竟说走就走，连地址电话都没留一个，如此戏剧化，提起箱子就跑掉。

我罪不至此，他不能这样对我。

彷徨慌张之后，跟着来的是愤怒了。

我要与他说个明白，我不能死不瞑目。

我霍地站起来。

安儿跑去开门，是唐晶来了。

"什么事，安儿？"唐晶安慰她，"别怕，有我一到，百病消散，你母亲最听我的。"

"唐晶。"我悲苦地看着她。

"子君，你怎么面如死灰？"她惊问，"刚才不还是好好的？"

"唐晶，涓生收拾行李走了，他决定与我离婚。"

"你先坐下，"唐晶镇静地说，"慢慢说。"她听了这消息丝毫不感意外。

我瞪着她，"是那个电影明星辜玲玲。"

唐晶点点头。

"你早知道了？"我绝望地问，"全世界的人都知道了？"

唐晶静静地说："子君，真的几乎人人都知道，史涓生与辜玲玲早在一年前就认识，出双入对也不止大半年，怎么就你一人蒙在鼓里？"

我如坠入冰窖里似的。

"人人只当你心里明白，故意忍耐不出声，变本加厉地买最贵的衣料来发泄。老实说，涓生跟我不止一次谈论过这问题了。"

"你为什么不告诉我？嗯？"我扭着唐晶不放，"你为什么不告诉我？"

唐晶将我按在椅子里，"以你这样的性格，早知也无用，一样的手足无措。"

我怔怔地落下泪来。

"……我没有做错什么呀。"我说。

唐晶叹口气，老实不客气地说："错是一定有的，世上有几个人愿意认错呢？自然都是挑别人不对。"

唐晶说："跳探戈需要两个人，不见得全是史涓生的不是。"

"你……唐晶，你竟不帮——"

"我当然帮你，就是为了要帮你，所以才要你认清事实真相，你的生命长得很，没有人为离婚而死，你还要为将来的日子打算。"

我歇斯底里地叫了起来："离婚？谁说我要离婚？不不，我决不离婚。"

安儿含泪看着我。

唐晶说："安儿，你回房去，这里有我。"

我哭道："你们都是欺侮我的，我今年都三十三岁了，离了婚你叫我往哪里去？我无论如何不离婚。"

我伏在唐晶的肩膀上痛哭起来。

唐晶不出声，任由我哭。

隔了很久很久，她说："恐怕你不肯离婚，也没有用呢。"

我抹干眼泪，天已经黑了。

我问唐晶："涓生就这样，永远不回来了？以后的日子我怎么过？就这么一个人哭着等天黑？"

太可怕了，一天又一天，我沉寂地坐在这里，盼望他回心转意，太可怕了。

这令我想起多年之前，当我还是个小学生，因故留堂，偌大的课室里只有我同老师两个人，天色渐渐黑下来，我伏在书桌上抄写着一百遍"我不再乱扔废纸"，想哭又哭不出来，又气又急，喉咙里像塞满了砂石似的。

从那时开始，我对黄昏便存有恐惧症，下了课或下了班总是匆匆赶回家，直到结了婚，孩子出世后，一切才淡忘。

现在这种感觉又回来了。

自从结婚以来，我还未曾试过独眠，涓生去美国开三天会议也要带着我。

唐晶在那边吩咐用人做鸡汤面，我看着空洞的客厅，开始承认这是个事实，涓生离开我了，他活得很好很健康，但他的心已变。

此一时也彼一时也，涓生以前说过的话都烟消云散，算不得数，从今以后，他要另觅新生，而我，我必须要在这个瓦砾场里活下去。

我重重吞了一口涎沫。

我会活得下去吗？

生命中没有涓生，这一大片空白，如何填补？

我只是一个平凡普通的女人，我不比唐晶，管着手下三十多个人，她一颦一笑都举足轻重，领了月薪爱怎么花就怎么花，我多年来依靠涓生，自己根本站不起来。

唐晶唤我："子君，过来吃点东西。萍姐，开亮所有的灯，我最讨厌黑灯瞎火。"

我坐到饭桌前。

唐晶拍拍我的肩膀，"子君，你不会令我失望，你的勇气回来了，是不是？在大学时你是我们之中最倔强的，为了试卷分数错误吵到系主任那里去，记得吗？一切要理智沉着地应付，我也懂得'说时容易做时难'，但你是个大学生，你的本事只不过搁下生疏了，你与一般无知妇孺不同，子君……"她忽然有点哽咽。

我转头叫安儿，"安儿，过来吃饭。"

安儿看我一眼，取起筷子，拨了两下面，又放下筷子。

"打个电话催平儿回来。"我说，"明天他还要上学，到奶奶家就玩疯了，功课也不知做了没有。"

安儿答："是。"

我麻木着心，麻木着面孔，低着头吃面。

唐晶咳嗽一声，"要不要我今天睡在这里？"

我低声说："不用，你陪不了一百个晚上，我要你帮忙的地方很多，但并不是今晚。"

"好。"她点点头，"好。"

安儿回来说："妈妈，司机现在接平儿回来。"

我对安儿说："你爸爸走了。"

"我知道。"她不屑地说。

"答应妈妈，无论发生什么，你照样乖乖地上学，知道没有？"我说。

安儿点点头，"你呢，"她问我，"妈妈，你会不会好好地做妈妈？"

我呆一呆，缓缓地伸手掠一掠头发，"我会的。"

安儿露出一丝微笑。

唐晶说："安儿乖孩子，做功课休息，这里没你的事了。"

"我们——仍然住这里吗？"安儿犹疑地问。

"是的，"唐晶代我说，"一切都照常，只是爸爸不会每天回来，他也许一星期回来两三次。"

安儿再看我一眼，回自己的房间去了。

我对唐晶说："明天我会找涓生出来商讨细节。"我疲倦地坐下来，"你回去吧，唐晶，谢谢你。"

唐晶欲言又止。

我等她开口。

唐晶终于说："子君，你明明是一个识大体有智慧的女人，为什么在涓生面前，尤其是最近这几年，处处表现得像一个无知的小女人？"

我看着她，不知从何说起。

隔了一会儿我说："唐晶，我跟你讲过，做太太也不好做，你总不相信，我们在老板面前，何尝不是随他搓圆搓扁，丈夫要我笨，我只好笨。"

唐晶摇摇头，表示不明白，她取起手袋想走，又不放心，她看着我。

"你怕我做傻事，会自杀？"我问。

她叹一口气，"我明天来看你。"

我说："好的。"

阿萍送走了她。

我一个人坐在客厅中，过了很久，才去淋浴，在莲蓬头下，脖子像僵了似的，不易转动。

我有我的责任，我不能因此崩溃下来，我还有平安两儿，他们仍然需要我。

水龙头开得太热了，浑身皮肤淋得粉红色，我却有种额外洁净的感觉，换上睡衣，平儿被司机接了回家。

我不动声色，叫美姬替他整理书包及服侍他睡觉。

平儿临睡之前总要与我说话。

"妈妈，让我们温存一会儿。"他会说。

胖胖的脑袋藏在我身上起码三十分钟，睁着圆圆的眼睛告诉我，今天学校里发生了什么大事，谁的校服不干净，谁的笔记忘了带。

今天我对平儿心不在焉。我在检讨自己。

安儿说得对，我是偏心，对平儿，我真的整颗心交给了他。这孩子对我一笑，我浑身就溶解下来。我不是不爱女儿，却一是一，二是二。

这一切在安儿眼中，是很不公平的吧？以前我就是没想到过。

平儿的出生对我来说太重要，我对母亲说："若他不是个男孩，真不知要生到几时去。"因此他成了我的命根。

涓生是个独子。

但是平儿并没有为我们的婚姻带来太久的幸福。

我看到平儿入睡，才拖着劳累的身子入房。

电话铃响了。

我取起话筒。

是涓生。

他似乎有点哽咽，"孩子们睡了吗？"他还有点良知。

我答："睡了。"

"子君，我对不起你。"他说，"但是我不能放弃爱情，子君，我以前爱过你，现在我爱上了别人，我不得不离你而去，求你原谅我。"

不知怎的，我听了涓生这种话，只觉啼笑皆非，这是什么话？这是九流文艺言情小说中男主角的对白，这种浅薄肉麻的话他是怎么说得出口的，史涓生，你是堂堂一个西医，史涓生，你疯了。

我只觉得我并不认识这个滑稽荒谬的男人，所以竟没有表现得失态来。

我静静问："你恋爱了，所以要全心全意地抛妻离子地去追求个人的享乐，婚姻对你只是一种束缚，可是这样？"

他在那边沉默了很久，然后说："子君，我实在迫不得已，子君，她叫我离婚——"

我长长叹息一声。

"你就这样一走了之？还有很多事要解决的呢。"我说，"孩子们呢？两人名下的财产呢？你就这样不回来了？"

"我们，我们明天在嘉丽咖啡厅见面。"

我喝一声："谁跟你扮演电影剧情。明天中午我在家等你，你爱来不来的，你要演戏，别找我做配角。"我摔下话筒。

我发觉自己气得瑟瑟发抖。

涓生一向体弱，拿不定主意，买层公寓都被经纪欺侮，一向由我撑腰，日子久了，我活脱脱便是个凶婆子，他是老好人。

好了，现在他另外找到为他出头的人了，不需要我了。

我坐在床边，对着床头灯，作不了声，偌大一张床，怎么睡呢？

我根本没有独个儿睡过一张床，儿时与母亲挤着睡，子群出生便与子群睡，嫁到史家名正言顺与丈夫睡。开始时涓生有鼻鼾，我失眠，现在听不到他那种有节奏的呼噜呼噜，我反而睡不着。

天下的弃妇不止我一个人，她们都是孤枕独眠，还有似唐晶般的单身女子，她也不见得夜夜笙歌，到街上胡乱扯个男人回来伴眠，我绝望地想，我总得习惯下来。

我害怕，一只石英闹钟嗒嗒地响，我喉头干涸，无法成眠，家中一向没有安眠药，涓生从不赞成将药带回家来。

正在这时候，房门被轻轻推开。

我问："谁？"

"妈妈，是我，我睡不着。"是安儿。

我说："过来跟妈妈睡。"

"妈妈，"她钻进被窝，"妈妈，以后我们会怎么样？"

我听见自己坚定地说："不怎么样，照以前一样地生活。快睡吧，明天还要上学。"

安儿似乎放心了。

我伸手熄了灯。

二

一个女人有好丈夫支撑场面，顿时身价百倍，丈夫一离开，顿时打回原形了。

一整夜没睡着。我也不相信涓生与那位辜玲玲女士可以睡得熟。

　　——涓生是因为内疚，而辜女士大半是为惊喜交集，兴奋过度。

　　她等着要看我出丑：大跳大嚷，决不肯放手，开谈判，动用亲友做说客、儿女做武器，与她决一死战……

　　我不打算满足她。

　　人要脸，树要皮。一个女人失去她的丈夫，已经是最大的难堪与狼狈，我不能再出洋相。

　　这些年来，我自然不能说自己是个十全十美的好妻子，世上没有这样完美的人，但我敢说自己称职有余。哪个妻子不是吃吃喝喝地过日子？谁跟过丈夫下乡耕田出过死力？

　　我默默淌下眼泪，天亮了。

　　整夜我没有合过双眼。

　　安儿起床，还轻轻的，怕吵醒我。

　　我这个女儿早熟，已具少女韵味，也非常懂事，她完全知道父母间发生了什么事。

她对我的怨怼，是因我浑然不觉丈夫已变了心。

可怜的孩子，在青春期遭遇了这样的事，以后她的心理多多少少会受到不良影响。

我照样起床照顾平儿上学。平儿傻乎乎的，根本不知父亲已离开家里，而母亲的心正在滴血。

我对安儿说："我送你上学。"

我想在车里与她详细谈谈。

安儿点点头。

"你早知道爸爸有女朋友？"

"知道有大半年了。"安儿说。

"为什么不告诉妈妈？"我说。

"我跟阿姨商量，阿姨说'他们'或许会'淡'下来，这种事不好说。"

"怎么开头的？"

"冷家清的母亲撩搭爸爸说话，爸爸开头不睬她。"

"冷家清不是跟你差不多大？"

"比我大一岁。"

"她母亲很漂亮吗？"

"丑死了，头发烫得像蜂巢，一脸雀斑，皮肤黑漆漆，笑起来呵呵呵呵，像个女巫。"

"冷家清没有父亲吗？"

"有，离婚了！妈妈，你们也要离婚吗？"

"那个男人是干什么的？"

"谁？谁干什么？冷家清的父亲？他说是编剧，拍电影不是要本子吗？他就是写这些本子的，后来冷家清的母亲嫌他穷，同他离婚。"

"你怎么知道？"

"每个同学都知道了。"车子驶到了学校，我将车子在大门口停下。

我对安儿说："安儿，我要你好好上课，知道吗？"

她点点头，朝校门走过去，忽然她又奔回来，隔着车窗说："妈妈，我觉得你好伟大，我相信爸爸是要后悔的。"说完她去了。

我的眼泪不住落下，车子走之字路回家。

唐晶在家中等我。

我放下手袋迎上去，"唐晶。"

她端详我，"昨夜真是亏你熬的。"

我又红了双眼，勉强问道："有没有学伍子胥那样，一夜白头？"

我们两人坐下。

唐晶说："我请了上午的假。"

"方便吗？"我过意不去。

唐晶苦笑，"我卖身给他们已经九年，老板要我站着死我不敢坐着死。"

"我每天准七点半出门，星期天还得做补工，连告一个上午假也不准？"唐晶说。

以前唐晶也说这些话，我只当她发老姑婆牢骚，今日听来，但觉句句属实，最凄凉不过。我知道为什么，因为我自己也吃着苦头了，对唐晶的遭遇起了共鸣。

"为什么老板都这么坏？"我问。

"老板也还有老板呀，一层层压下来，底下人简直压扁了。"

我沉默了。

唐晶问我："你打算如何？"

"我？"我茫然，"我也不知道，当年史涓生向我求婚，我便结婚。现在他要同我分手，我便离婚，钱我是不会要他的，这房子虽然写的我的名字，我还他。"

唐晶立刻问："那么你何以为生？"

"我可以找一份工作。"

她简直要笑了，"什么工作？"

我气急，"我有手有脚，什么做不得？"

"有手有脚，你打算做钟点女佣？"

我呆住了。

"子君，你很久没有在外头跑跑了，此刻赚两千块月薪的女孩都得操流利英语，懂打字速记，你会做什么？"

"我还是个大学生呀。"

"大学生一毫子一打，你毕业不久就结了婚，你有什么工作经验？"唐晶咄咄逼人，"你倒坐坐写字台看——什么都不用你做，自早上九点坐到下午五点半，你坐给我看看吧。"

我颤声说："我可以学。"

"子君，你我都三十好几的人了，学，学什么？"

一个打击跟着一个打击，我瘫痪在沙发里。

"子君，你事事托大——也怪不得你。"唐晶叹了口气。

"未经过风霜的人都这样，涓生在过去十五年里把你宠得五谷不分了。"唐晶说。

"他宠我？"我反问。

"子君，你就算承认了在他荫下过了十五年的安乐日子，也不为过呀，何必一直以为生两个孩子便算丰功伟绩？现在情况不同了，有很多事情要你自己担当，不久你会发觉，史涓生过去对你不薄。"

我瞪着她，"唐晶，你到底是来帮我还是来打落水狗的？"

"子君，你若不认清过去，对将来就一筹莫展了。"

"我不用你来做我的尊师。"我气得发抖。

"我若不是与你同学至今，就立刻转身走。我告诉你，子君，现在不是你假清高的时候，有人抓人，没人抓钱，你并没有你想象中的能干，运气走完了，凡事当心点。"

我被唐晶激得说不出话来，"你走，"我下逐客令，"我不想见朋友。"

她叹口气，"忠言逆耳，良药苦口。"她拂袖而去。

我呆呆坐下。

兵败如山倒。

连十多二十年的老同学都特地跑来挑剔我。

一个女人有好丈夫支撑场面，顿时身价百倍，丈夫一离开，顿时打回原形了。

也许唐晶是对的，我无忧无虑地在史家做了十五年的主妇，就是因为运气吧，唐晶什么地方比我差？她有的是条件，但如今还不是一个人过日子，她说的话也许亦有道理，旁观者清。

难道一切都是史涓生带来给我的？而如今他决定把这一切都收回？

涓生在中午时分回来了，他看上去很疲倦。

我们呆呆地对坐着，一点表情也没有。

我决定开口求他最后一次，这不是论自尊心的时候。

"涓生，这事是真的没有挽回的余地了？"我低声问。

他犹豫一刻，终于摇摇头。

"为什么？"明知无用，还是问了。

"你不关心我。"

"我不关心你？"我说，"我买给你的生日礼物，你还没拆开呢。"我哽咽。

涓生说："我不想多说了，子君，我不想批判你，但实际上，最近这几年来，我在家中得不到一点温暖，我不过是赚钱的工具。我们连见面的时间都没有，我想与你说话的时候，你总是在做别的事情：与太太们吃饭，在娘家打牌……"

我尽量冷静地回答："可是涓生，我也是一个人呀，我有我的自由。"

"我是你的丈夫，亦是你的老板，你总得以我为重。"他固执起来。

我颤声说："孩子们都这么大了，涓生，你看在他们的面上……"我几乎在乞求了，用手掩住了脸。

"子君，我知道你此刻很矛盾，对我一忽儿硬，一忽儿软。子君，你对自己也矛盾，为争一口气，也很想跟我分手，但又害怕未知的日子是否应付得来。我说过了，在经济上我不会亏待你。"

我知道是没希望了，他不再爱我，势难挽回。又恨自己心意不坚，昨夜明明决定抬起头挺起胸来做人，忽然又哀求他回心转意。羞愧伤心之余，我说不出话来。

"子君，孩子归我。"他说。

"什么？孩子归你？"

"孩子姓史，当然归姓史的。"

"可是你要去与那女人同居，孩子跟你干什么？"

"孩子们仍住这里，我叫父母亲来照顾他们。"

我完全没想到他会提出这样的要求，我呆住了。

涓生以为我不肯，大声说："孩子们姓史，无论如何得跟我。"

我又气又急，"史涓生是你要同我离婚，不是我要同你离婚，你没有资格同我谈条件。"

他脸上闪过一丝惶恐，涓生是著名的好父亲，患难见真情，他爱他的孩子。

我问他："孩子们跟祖父母同住？"

"是，"他急促地说，"我不想他们的生活受到影响，一切跟以前一样。"

"一切跟以前一样？"我悲愤地问，"你父母搬了进来，我住在什么地方？"

涓生愕然，"你还打算住在这里？"

我凝住了，"你要赶我走？你都盘算好了？"我震惊过度，一双眼睛只会瞪着他看。

涓生站起来在客厅中央兜圈子，"你住在这里不方便，你会有自己的朋友，有自己的生活，何必喧扰孩子们，我会替你找一层公寓，替你装修妥当，你可以开始新生活。"

我开始明白了，"你怕我结交男朋友，把他们往家里带，影响你的孩子？"

他掏出手帕，擦额角上的汗。

"可是我还是他们的母亲，你别忘了，孩子们一半是我的！"我凄厉地叫出来，"你真是个阴毒的人，你不要我，连带不让孩子们见到我，你要我完完全全地在史家消失无踪，好让你开始崭新的生活，你没有良心，你——"

我觉得头晕，一口气提不上来，眼前金星乱舞，心中叫道：天，我不如死了吧，何必活着受这种气？我扶着沙发背直喘气。

涓生并没有过来扶我，我耳边"嗡嗡"作响，他待我比陌路人还不如，如果是一个陌生太太晕倒，以他的个性，他也会去扶一把。

完了。

真的完了。

涓生怕一对我表示半丝关怀，我就会误会他对我仍然有感情，可作挽回。

既然事到如今，我便把他拉住亦无用，我要他的躯壳来干什么呢？

我心灰意冷地坐下来。

"搬出去，对你只有好，"他继续游说我，"子君，你可以天天回来同他们做功课吃晚饭，你仍可以用我的车子及司机——直到你再嫁为止，"他停一停，"你只有舒适方便。"

我茫然地听着，啊，都替我安排好了，叫我走呢，就像遣散一个老用人一般，丝毫不带伤感，干净利落。

是什么时候开始的？我这个笨人竟不知道他是什么时候开始变的心。

我喃喃地问："什么时候开始的？"

他没听懂，"什么？"他反问，"你说什么？"

我看着自己的双手。

"我打算送你五十万，子君。你对我的财产数目很清楚，我只有这么多现款，本来是为了添置仪器而储蓄的。我的开销现在仍然很大，你不是不知道，三头家要我负担，所以把父母挪到这里来，也好省一点，如今做西医也不如外头所想的那么风光了……"

他滔滔不绝地说下去，没有丝毫羞耻惭愧，就像我是他的合伙人，他现在打算拆伙，便开始告苦，一脸的油光，流利地将事先准备好的言辞对我说出来。

我不认识这个男人，他不是我所知道的史涓生，他不是我的丈夫，史涓生是个忠厚、傻气、勤奋、可爱的医生，这并不是史涓生。

一时悲痛莫名，我大声哭泣起来。

"哭什么呢，我仍然照顾你的生活，一个月五千块赡养费，直到你另嫁为止。我对你总是负责任的，不相信我你也得相信律师，我们到律师楼去签字好了，我赖不掉。"

门铃响了。

阿萍讪讪地出来开门，她都看见听见了，每个人都知道了，现在连我自己也知道了。

她去开门，进来的是子群。

涓生见到子群像是见到救星似的迎上去，"好了，你来劝劝你姐姐。"他取过外套，"我还要赶到医务所去。"他竟走了。

子群并没有开口，她穿着四寸高的玫瑰红猄皮高跟鞋，一下一下地踱步，发出"噔噔噔"的声音。身上一套黑色羊毛套装，把她身形衬得凹是凹，凸是凸。脸上化妆鲜明，看样子是涓生把她约来的。

我泪眼昏花，脑子却慢慢清醒过来。

阿萍递了热毛巾给我。我擦一把脸，她又递面霜给我，接着是一杯热茶。

阿萍以前并不见得有这么周到，她大概也知道我住在这里的日子不长了。

子群坐下，叹口气。

我沙哑着嗓子，说："你有什么话要讲？"

"男人变了心，说穿了一文不值，让他去吧。"子群说，"你哭他也不要听。他陡然厌憎你，以后的日子还长，为将来打算是正经。"

唐晶也是这么说。

"愿赌服输，气数已尽，收拾包袱走吧。"子群没说几句正经话，十三点兮兮地又来了，"反正这些年来，你吃也吃过，喝也喝过，咱们天天七点半起床去受老板的气，你睡到日上三竿，也捞够本了，现在史涓生便宜旁的女人，也很应该。"

"你说什么？我是他的妻子！"

"谁说不是？"子群说。

子群笑，"就因你是涓生合法的妻子，所以他才给你五十万，还有五千块一个月的赡养费，你看你多划得来，我们这些时代女性，白陪人耗，陪人玩，一个子儿也没有。走的时候还得笑，不准哭。"

子群虽然说得荒谬，但话中也有真理存在。

我颤声说："我这些年来为他养儿育女……"

"肯为史医生养儿育女的女人要多少有多少。"子群说，"老姐，现在这一套不灵光。什么一夜夫妻百日恩，别再替自己不值了，你再跟史涓生纠缠下去，他还有更难看的脸色要使出来呢。"

我呆木着。

"如果这些年来你从来没认识过史涓生，日子也是要过的，你看我，我不就好好地活着？你当这十五年是一场春梦，反正也做过医生太太，风光过，不也就算了，谁能保证有一辈子的荣华富贵呢，看开点。"

我一句话也说不出来。照子群这么说，我岂非还得向涓生叩谢，多谢他十五年来的养育之恩？

但我们是夫妻，我握紧了拳头，我们是……

"你还很漂亮，老姐，以后不愁出路——"

"别说了，"我低声恳求，"别说了。"

"你总得面对现实，我不说这些话给你听，还有谁肯告诉你吗？当然每个人都陪你骂史涓生没良心，然后恭祝你们有破镜重圆的一日，你要听这些话吗？"

唐晶也这么说。她俩真是英雄所见略同。

"你就当他死了，也就罢了。"子群又叹一口气。

我不响。

"老姐，你也太没办法了，一个男人也抓不住。"

我看住她。

子群知道我心中想什么。

子群解嘲地说："我不同，我一辈子也没遇到过一个好男人，没有人值得我抓紧，但你一切任史涓生编排。"

我疲倦地问："妈妈呢，妈妈知道没有？"

"这上下怕也知道了。"

"她怎么想？"

"她又帮不了你，你管她怎么想？"

我愕然瞪住子群。

子群一脸的不耐烦，"这些年来我也受够了妈的势利眼，一大一小两个女儿，一样是她养的，她却褒你贬我，巴不得把我逐出家门，嫌我污辱门楣，好了，现在你也倒下来了，看她怎么办。"

子群话中有太多的幸灾乐祸。

我的胸口像是中了一记闷拳。

"妈妈……不是这样的人。"我分辩，"你误会她了，你也误会了我。"

"老姐，这些日子你春风得意，自然不知道我的痛苦，你给人气受，你自己当然不觉得，人家给你气受，你难保不一辈子记仇。"

"我……"我颤声，"我几时气过你？"

"是不是？"她笑，"别说我话不讲在前头，果然是不觉得。"

她吊儿郎当地取过手袋，"我要上班，再见。"

阿萍连忙替她打开门，送瘟神似的送走了她。

我又惊又怕，以往子群从来不敢对我这么放肆，她要求我的地方多着呢：借衣裳首饰不在话下，过节时她总会央我带她到一些舞会及宴会，以期结交一些适龄兼具条件的男人。

现在她看到我的气数已尽，我的地位忽然沦与她相等，她再也不必买我的账，于是，心中想什么便说什么，不仅言语讽刺，还得踩上几脚。

我觉得心寒，我自己的妹妹！

原来这些年来，一切荣耀都是史涓生带给我的，失去史涓生，我不只失去感情，也连带失去一切。

是什么时候开始的呢？

让我细想。

毕业的时候，教过一个学期的书，小学生非常地顽皮，教课声嘶力竭，异常辛苦，但是从没想到要长久地做下去，抱着玩票的心情，倒也挨了好几个月。

后来就与涓生订婚了。

他是见习医生，有宿舍住，生活压力对我们一向不大。订婚后我做过书记的工作，虽然是铁饭碗，但我不耐烦看那些人的奴才嘴脸，并且多多少少得受着气，跟涓生商量，他便说："算了，一千几百元的工作，天天去坐八小时，不如不干，日日听你诉苦就累死我。"

我如获圣旨般地去辞职。

十多年前的事了，我还记得一清二楚，当时唐晶与我同级，她便劝我："女人自己有一份工作好。"我自然不屑听她。

她干到现在，升完职又升职，早已独自管理一个部门，数十人听她号令行事。

而我，我一切倚靠涓生，如今靠山已经离开我，我发觉自己已是一个肩不能挑、手不能提的人。我还能做什么？我再也不懂得振翅高飞，十多年来，我住在安乐窝中，人给什么，我啄什么。

说得难听些，我是件无用的废物，唯一的成就便是养了平儿与安儿，所以史涓生要付我赡养费。

这是十多年来我第一次照镜子了解实况。

我吃惊，这些日子我过得高枕无忧，原来只是凭虚无缥缈的福气，实在太惊人了。

我霍地站起来。

三十三岁，女人三十三岁，实在已经老了，女儿只比我矮二三寸，很快便会高过我。

从此以后，我的日子如何消磨？就算我打算成天陪伴孩子，孩子不一定肯接受我的纠缠，他们可以做的事多着哪。

　　除了被遗弃的痛苦，我的胸腔犹如被掏空了似的，不知道何去何从。

　　我缓缓走到睡房，筋疲力尽地倒在床上，合上眼睛，挤出酸涩的眼泪。

　　替我找一层小公寓，替我装修妥当，叫我搬出去……我的意识渐渐模糊，堕入梦中。

　　梦中我见到了史涓生与他的新欢辜玲玲，那女人长得一副传统中所谓的克夫相：高颧骨、吊梢眼、薄而大的嘴巴自一只耳朵拉到另一只耳朵，嘴角尚有一粒风骚痣，穿着低领衣裳，露出一排胸骨，正在狞笑呢。

　　我心如刀割，自梦中惊醒，睁开眼，见阿萍站在我面前。

　　"太太，老太太来了。"

　　"唤她进来吧。"我说。

　　"喝碗肉汤，暖暖身子，天气冷。"阿萍说道。

　　我本来想推开碗，后来一转念，想到梦中那女人的狰狞相：嗯，有人巴不得我死，我怎么瞑目？一手抄起碗，喝得干干净净，呛咳起来。

　　母亲的声音在身边响起，"当心当心。"

　　我看她，她也似憔悴了很多，坐在床沿，低着头，握紧着双手，频频叹气。

　　"怎么会发生这样的事？"她喃喃说，"你大嫂的碎嘴巴，一传传到她娘家那边去，不知道会说什么话，叫我抬不起头来。"

　　我呆视母亲，我遭遇了这等大事，她不能帮我倒也罢了，反而责怪起我来，因为我碍着她的面子？

太荒谬了，同样的事如果发生在安儿身上，我做梦也不会想到要责怪她，可是我这个母亲……难道我一直以来，连自己母亲的真面目也都还是第一次看清楚？

子君，你太糊涂了。

只听得她又说下去："……你们这些时髦女人，动不动说离婚，离了婚还有人要吗？人家放着黄花闺女不理，来娶你这两子之母，疯了？忍得一时且一时，我何尝不忍足你父亲四十年，涓生跟你提出离婚两字，你只装聋作哑，照样有吃有住，千万不要搬出去……"

我瞪着她。

她继续噜苏[1]："——男人谁不风流？谁叫你缺少一根柄？否则一样有老婆服侍你——"

我打断她，"母亲，你不明白，是涓生不要我，他要同我离婚。"

"你缠牢他呀，"母亲忽然凶巴巴地说，"你为什么不缠牢他？你连这点本事都没有？"

我静了一会儿。

每个人都变了，除了唐晶，每个人都除下面具，露出原形，我受不了，我站起来，"妈，你回去吧，我再也没精神了。"

"唉，你要后悔的。"她犹自在那里说，"我早警告过你，

---

[1] 即啰唆，多用于吴地方言。

是你不要听，我还出去打牌不打？见了人怎么说呢？"

对，子群说得对，母亲此刻觉得我塌了台，伊要忙不迭地出门去通告诸亲人：我劝过她，是她不听，她自己不好，像她那般的女儿，不用你们来动手，我先拿她来下气，诸位，现在她与我毫无关系了。

我竟不知道母亲有这一副嘴脸，我诧异地看着老妈，怎么搞的，一向她都是低声下气，小心翼翼的，难道她的演技也这么好？

我大声说："阿萍，送老太太走。"

阿萍很气愤，这个忠心的用人一个上午也已经受够。

送走老太太，她回到我跟前来，站在我面前，忽然"呜呜"哭泣，像个小孩，用被肥皂水浸红的手擦眼睛。

我叹口气，"哭什么？我还没死呢。"

心想，可以死了倒也好，人生三十非为夭。

"太太，怎么办？"

"没有怎么办，先生又没说要赶你走，他求你留下来还来不及呢，你照样照顾两个孩子。"

"哎呀，太太，美姬说什么我又听不懂，我不想做了。"

我看牢阿萍，原来我的地位还不如她，原来自力更生，靠双手劳动有这等好处：她可以随时转工，越来越有价值，越来越吃香。我，我走到什么地方去？

我长长地叹口气，拉开衣柜，本来想收拾几件衣裳到娘家去住两天，看样子要绝了这个念头才行，母亲那边是绝对不会收容我的了，而我真想离开这个家好好清醒一下，这样子哭完吵，吵完又哭，实在不是办法。

唐晶，不知唐晶是否会收容我？

我跟阿萍说："我要出去住数日，拜托你，好好替我照顾孩子。"

"哎呀，弟弟见不到你，一下子就哭了。"阿萍说。

想到平儿那圆圆的脸蛋，心里酸痛。

我说："他母亲自身难保，哪儿顾得了他？"

我取出行李箱，满柜的衣服，不知收拾哪一件才好。电视剧中离家出走的女人永远知道她们该带什么衣服，大把大把地塞进箱子，拾起就走，非常潇洒凄艳，而我手足无措。

我拿起手袋，披件外套，就外出找唐晶去。

她的写字楼我去过，我看看手表，上午十一点三刻。赶快，不然她就出去吃午餐了。

我叫车子赶到她的公司，后生带我进去，每个都如火如荼地工作，打字机"啪啪"声，电话铃不住响，女孩子们穿戴整齐，在室内走路都匆匆忙忙地做小跑步。

我一个人肿着眼泡苍白了脸站在大堂中央，与现实完全脱节。

我像是上一个世纪的怨妇走错了时光隧道。

唐晶迎上来，"子君。"

我眼光像遇溺的人找到了浮泡。

"过来，过来。"她把我拉进她的私人办公室，关上门，"你怎么样了？"

"我有话跟你说。"

"我马上要开会。"她看看表,"只有十分钟。"

"我要搬出来住两天,"我提起勇气,"你愿意收留我否?"

她说:"子君,这个关口不是一走了之可以解决问题。"

"我要找个清静的地方。"

她取出手袋,掏出一串锁匙,交我手中,"假如你认为因此可以解决问题,为什么不?"

"谢谢你。"我感激地说。

"我家很凄清,"她补一句,"但相当舒服,你也不用带什么过来,一切应用的东西都现成。"

女秘书推门进来,"唐小姐,等你一个人呢,一号会议室。"

"来了,来了。"

唐晶临走,拍拍我的肩膀。

我没有立即离开,缓缓打量她的办公室。

一百呎[1]多点的房间在中环的租值已经很可观了。写字台颇大,堆满了文件,一大束笔、打字机、茶杯,另一角的茶几上堆满杂志,外套与手袋就扔在一边。

我替她拾起外套,一看牌子,还是华伦天奴的呢,为她挂起。

上班的女人也就像男人一样,需要婢妾服侍。

这份工作不简单,唐晶真能干,到底是怎么去应付的?

白色的墙壁上悬着四个斗大的隶书字:"难得糊涂。"

---

[1] 呎即英尺,香港人在说房屋面积时,习惯用呎表示平方英尺。一百平方英尺约等于9.29平方米。

她老板看了不知有何感想。

椅子底下有一双软底绣花鞋，大概贪舒服的时候换上它。

以前我并没有来过唐晶的办公室，今天有种温馨与安全感，坐下来竟不大想离开。

这是属于她的天地，是她赤手空拳，咬紧牙关，争取回来的，牢不可破，她多年来付出的力气得到了报酬。

空气间弥漫着唐晶的香水味，多年来她用的都是"哉[1]"。她一向花费，坐大堂挤在打字员身边的时候，她也用"哉"。成功的人一早就显露不凡，抑或每个人都有点特色，而成功以后这种特色便受人传颂。

我认识唐晶那一年，大家只有七八岁，念小学一年级。我们是小、中、大学的同学，她是我最老的朋友，人家说情比姐妹，看样子胜过姐妹多多。

我终于离开那间写字楼，每个人都忙得不可开交，谁也没有向我投来过一眼半眼。

这些人对社会多多少少都有一点贡献，不比我……

我叫了一部车子往唐晶家。

真惭愧，这里我也总共只来过一两次。

开门进屋子，才知道已经装修过了。

唐晶把它布置得非常整齐，麻雀虽小，五脏俱全。

我从来没有见过这么小的公寓，一目了然。

---

[1] Jean Patou 的 Joy 香水是"世界上成本最贵"的香水，仅 30 毫升 JOY 香水，就需要至少 10000 朵茉莉和 28 打玫瑰。

初结婚时跟涓生住宿舍，至少三千呎，随后找房子搬，两千多呎已经觉得委屈，孩子与用人挤，地方也不觉宽裕，反而是这里清爽。

客厅中央亦悬着四个字："难得糊涂。"

我心情再坏也不禁笑出来，我竟不知道有比唐晶更糊涂的人，时时刻刻地提醒自己来达到目的。

公寓内开着自动调节的暖气，好舒适的一个窝，我除下外套。

走到她厨房去找一找，什么都没有。

一行行的罐头汤排列得像军队，唐晶真有幽默感，除此之外，尚有咖啡及茶包。她的厨房用具全部是自助式的：一插就热，像慢锅、电饭锅、电茶壶、电热水瓶、吐司炉、搅汁器、咖啡壶……大概是为了节省时间吧。

我做了一杯热茶，慢慢地喝。

假如我也有这个窝就好了，下了班在这里一躲，外面的世界塌下来也与我无关。

假如我一直没有结婚，我也有独立的机会。

假如我的时间不是花在史家，我也可以有一番作为。

原本我以为自己已找到最佳的终身职业，现在却被"雇主"突然终止合同，叫我另谋高就。

但愿我从来没有遇见过涓生。我掩上脸。

唐晶的睡房更像个书房，没有梳妆台，只有一张写字台，她的化妆品一概收在抽屉里，我知道她的习惯。

我铺着电毯子，躺在床上，又倦又饿，不久便转入梦乡。

一个梦也没有，我没有再梦见那青面獠牙的女人。

是唐晶把我推醒的，"子君子君，起来吃叉烧饭。"

我一听叉烧饭，马上垂涎，睁开眼睛，接触到陌生的白色天花板，还以为躺在大学宿舍里，那时唐晶也时时到城中烧腊店买叉烧饭。

我撑着起床，往事一幕幕如烟般在眼前转过。

"唐晶！"我悲从中来。

"别哭别哭，天大的事，吃饱再说。"

我哽咽地看着她。

"我也受够了，"她伸个懒腰叹口气，"不如我们两个人齐齐到外国的小镇做女侍去，过宁静的生活。"

唐晶的脸比早上憔悴得多，化妆剥落，头发也乱了，然而却有一种懒洋洋的性感。

毫无疑问，追求唐晶的人应该尚有很多，她至少还是唐小姐。

"你？"我黯然说，"你何必逃避？身居要职，每天到公司去对伙计发号施令……"

"你错了，每天到公司等老板对我呼来喝去是真，什么伙计，我就是人家的伙计。"

"我不相信。"

"咄！"

我们简单地解决一餐。

我不置信地问："怎么电话铃不响？没有人持着玫瑰花来约你去跳舞吃饭？"

唐晶既好气又好笑地看着我，"我且不与你讨论这个，切身的事更重要。我问你，你打算怎么办？"

"我打算见一见那个辜玲玲。"

"奇怪，都想见一见丈夫的新欢。也罢，算是正常举止。"

"别再对我贫嘴了，我在子群那里已经受够。"

"请你不要将我与令妹相提并论好不好？你难道看不出我们之间有很大的差距？"

"见过辜玲玲，我才决定是否离婚。"我说。

我歉意地低着头，我还是令唐晶失望了。

她期望我一言不合，拍案而起，拂袖而去，而我却窝窝囊囊地妥协着。

"有没有听过关于涓生与她的……事？"我问。

"听过一些。"

"譬如——？"

"譬如她双手忙着搓麻将，就把坐在身边的史医生的手拉过来，夹在她大腿当中。"唐晶皱皱眉头，下评语，"真低级趣味，像街上卖笑女与水兵调情的手腕。"

我呆呆地听着。涓生看女人搓麻将？他是最恨人打牌的。我不明白。他是那么害羞的一个人，亲戚问起他当年的恋爱史，他亦会脸红，我不明白他怎么肯当众演出那么肉麻的镜头。

我用手支撑着头。

我问唐晶："涓生有没有对你说我的不是？"

唐晶笑笑，"这些你可以置之不理，如果你想见辜玲玲，我倒可以替你安排。"

"你怎么个安排法？"我问。

"通过涓生不就得了。"

我垂下头，无话可说。

到现在我才明白"心如刀割"这四个字的含义。

我在唐晶的公寓躲了一夜，晚上我睡她家的长沙发。唐晶在九点多就酣睡，没法了，一整天在外头扑来扑去，晚上也难怪一碰到床就崩溃。而我却睁着眼睛无法成寐，频频上洗手间，一合上眼就听见平儿的哭声。

倚赖丈夫太久，一旦失去他，不晓得怎么办才好。

好不容易挨到早上六点多，我起来做咖啡喝，唐晶的闹钟也响了。

这么早就起床，也真辛苦。

她漱口洗脸换衣服，扭开无线电听新闻，大概独居惯了，早上没有跟人说话的习惯。

我把咖啡递给她。

她摊开早报，读一会儿，忽然抬起头来说："生亦何欢，死亦何苦。"长叹一声。

我原本愁容满脸，此刻倒被她引得笑起来。

我问："你有什么愁？"

她白我一眼，"无知妇孺。"抓起外套上班去。

我到小小的露台去看她，她钻进日本车，小车子趣怪地缓缓开出，她又出门去度过有意义的一日了。

我收拾桌上的杯碟，搬入厨房，忍不住拨电话回家。

阿萍来应电话的声音竟是焦急与慌忙的，"太太，你在哪里？快回来吧，弟弟哭着闹呢。"

我鼻子一酸。

"奶奶与老爷都赶来了，正在骂先生。"阿萍报告。

他们骂涓生？我倒是一阵感动，平日我与这一对老人并不太投机，没想到他们倒有点正义感。

"太太，你先回来再说吧。"阿萍说。

电话被别人接过，"子君？"是涓生的母亲。

"是。"

"我正骂涓生呢，把好好一个家庭弄得鸡犬不宁，离什么婚？我与他爹绝不答应他跟那种女明星混。你先回来再说，我给你撑腰。"

我饮泣，"他不要我了呢。"

"哪儿由得他说？他不要你，我们要你，你不走，他还轰你走不成？他现在发疯，你不要同他一般见识，你不看我们二老面上，也看孩子面上，弟弟直哭了一夜，今天不肯上学。"

"我……我马上来。"

"我们等你。"她挂上电话。

我一颗冷却的心又渐渐热了，明知于事无补，但到底有人同情我，没想到会是二老。

平日我也没有怎么孝顺他们……

我连忙换了昨日的衣服回家去。

还没进门就听见平儿的哭声，这孩子自小爱哭，声震屋瓦，足可以退贼。

美姬替我开了门，我连忙叫："弟弟，弟弟。"

平儿见是我，连忙晃着大头扑到我怀中，号啕大哭起来，我见儿子这样伤心，也忍不住哭。

涓生的父亲向涓生厉声喝道："你自己看看这个场面，你越活越回去了！"

涓生低着头，不敢言语。

"我不想多说，你自己有个分寸才是。"他母亲叹息，"你外头那个女人又不是十七八岁的青春少女，何以放不开手，那一般是两子之母，离婚妇人，年纪只怕比子君还大。涓生，你上她当了。"

涓生却一点也没有上当的感觉，他涨红着一张脸，只是不出声。

涓生母亲说："现在你老婆已经回来，你好自为之。"

他们误会了，他们以为涓生与我吵嘴，只要老人家出马镇压几句便可以解决问题。

果然二老才踏出大门，涓生便指着我说："你把我历代祖宗的牌位请出来也无用！"他转头也想走。

我恶向胆边生，大喝一声："站住！"

他转过头来。

三

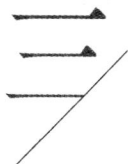

我可以看到我的前路，路是有的，可惜崎岖一点，布满荆棘，走过去，难免会头破血流，尚有许多看不见的陷阱引我失足。

我一个字一个字地说："史涓生，变心由你，离婚与不离婚在我，但是我告诉你，我可不由得你随意侮辱，你父母是自己走来的，我并没有发动亲友来劝你回头。"我瞪着他，"老实说，到了今天此刻，我也不希望你回头，但是请你一张尊嘴当心点。"

涓生颓然坐在沙发上，"子君，我求你答应我离婚，我实在撑不住了。"他用手掩住了脸。

在我怀中的平儿仰起头问："爸爸妈妈为什么吵架？为什么？"

我拍拍他肩膀，"不怕，不怕，不吵了。"我把他抱在膝头上，"你睡一会儿，妈妈抱着你。"

平儿将他的胖头埋在我怀中。

我抚着他的头发。

——他现在撑不下去了，我苦笑，一切仿佛都是我害的，他才是牺牲者。

在那一刹间，我把他看个透明。

　　这样的男人要他来干什么？我还有一双手，我还有将来的岁月。另外一个女人得到他，也不见得是幸福，他能薄情寡义丢掉十多年的妻，将来保不定会再来一次。

　　我轻轻拍着平儿的背，"好，我答应你，马上离婚。"

　　他抬起头，那一刹那他双目泛起复杂的光芒，既喜又惊。我冷冷地看着他，心里只有悲伤，并没有怒火。

　　"真的？"他不置信地问。

　　"真的。"

　　"有什么条件？"

　　我看看平儿的苹果脸。"每天回来看平儿与安儿。"

　　"当然，当然，"涓生兴奋地搓着双手，"这里仍然是你的家，要是你喜欢的话，可以在这里留宿的。"

　　我别转面孔，不想看他的丑态。

　　"我有一个律师朋友，他可以立刻替我们办手续，补签分居，他可以证明我俩已分居两年，马上离婚。"涓生用试探的语气提出来。

　　我眼前一黑，连忙深呼吸。等一年半也来不及了，涓生此刻觉得与我在一起如生活在地狱中，好，我助他逃出生天也罢。

　　"有这样的事？"我听见自己说，"好，你去律师楼安排时间，我同你去签字便是。"

　　这一下子他呆住了。

　　我勇敢地抬起头，"我明天便去找房子，找到通知你，你放心。"

　　我抱起平儿进房，将他放在床上，盖好被子，这孩子，已被我宠坏了，娇如女孩子。

　　回到客厅，看见涓生还站在那里，我诧异地问："你还不走？这里没你的事了。"

　　他呆呆地看着我。

　　过一会儿，他说："她想见见你。"

　　"是吗？有机会再说吧。"

　　连我自己都佩服这种镇静。

　　"那我走了。"他说。

　　"好走。"我说着拾起报纸。

　　他又逗留片刻，然后转身去开门。

　　我听到关门声，低下头才发觉手中的报纸窸窣作响，抖得如一片落叶，我吃惊地想：为什么会这样？原来我双手也在发抖，不不，我浑身在颤抖，我大叫一声，扔下报纸，冲到书房去斟了一小杯白兰地，一饮而尽。

　　电话铃响，我连忙去接听，有人说话也好。

　　"回来了？"是唐晶。

　　"是。"我答。

　　"见到涓生没有？"她问。

　　我把刚才的情况说了一遍。只觉得一口气不大顺，有点喘着的模样。

　　唐晶沉默很久，我还以为她把电话挂断了，"喂"了几声她才说："也好。"

　　我想一想答："他的时间宝贵，我的时间何尝不宝贵。"

但这句话与将被杀头的人在法场大叫"十八年后又是一条好汉"相似,一点力也没有。

"我下班来你处。"唐晶说。

"谢谢你。"

"客气什么。"她的声音听上去闷闷不乐。

终于离婚了,逼上梁山。

我蹑足进房,注视正在沉睡中的平儿。

我靠在床沿,头抵在床柱上,许久不想转变姿势,渐渐额角有点发麻,心头也有点发麻。

离开这个家,我到什么地方去!学着像唐晶那样自立,永不抱怨,永不诉苦?不知我现在转行还来得及否?

一双柔软的手搭在我肩膀上,我抬起头,穿校服的安儿站在我的面前。

我与她走到书房坐下去。我有话要跟她说。

我说:"安儿,你父亲与我决定分手,我会搬出去住。"

安儿很镇静,她立刻问:"那女人会搬进来吗?"

"不,你父亲会搬去跟她住。祖父母则会来这里照顾你们。"

安儿点点头。

"你要好好照顾弟弟。"我说。

她又点点头。

"我尽可能每天回来看你们。"

"你会找工作?"她问我。

"我会试试看。"

"你没能把爸爸留住？"她又问道。

我苦笑，"我是一个失败的女人。"

"弟弟会哭完又哭。"

"我知道，"我硬着心肠说，"他总会习惯的。"

安儿用一只手指在桌面上划了又划，她问："为什么爸爸不要你？"

我抬起头，"我不知道，或许我已经不再美丽，或许我不够体贴，也许如你前几天所说，我不够卖力……我不知道。"

"会不会再嫁？"安儿忽然异常不安，"你会不会跟另外一个男人生孩子？爸爸又会不会跟那女人生孩子？"

我只好尽量安慰她，"不会，妈妈再不会，妈妈的家亦即你们的家，没有人比你们两个更重要。"

安儿略略放心。"我怎么跟弟弟说呢？"又来一个难题。

我想半天，心底的煎熬如受刑一般，终于我说："我自己跟他讲，说妈妈要到别的地方去温习功课，准备考试。"

"他会相信吗？"安儿烦躁地说。

我看她一眼，低下头盘算。

"妈妈，"她说，"我长大也永远不要结婚，我不相信男人，一个也不相信。"声音中全是恨意。

"千万不要这样想，也许错在你妈妈——"我急忙说。

"妈妈，你的确有错，但是爸爸应当容忍你一世，因为他是男人，他应当爱护你。"

我听了安儿这几句话，怔怔地发呆。

"可怜的妈妈。"她拥抱住我。

我亦紧紧地抱住她。安儿许久没有与我这样亲近了。

她说："我觉得妈妈既可怜又可恨。"

"为什么？"我涩笑。

"可怜是因为爸爸抛弃你，可恨是因为你不长进。"她的口气像大人。

"我怎么不长进？"我讶异。

"太没有女人味道。"她冲口而出。

"瞎说，你要你妈穿着黑纱透明睡衣满屋跑？"

我忽然觉得这种尖酸的口吻像足子群——谁说咱们姐妹俩不相似？在这当口儿还有心情说笑话。

安儿不服，"总不见你跟爸爸撒撒娇，发发嗲。"

我悻悻然，"我不懂这些，我是良家妇女，自问掷地有金石之声。"我补上一句，"好的女人都不屑这些。"

安儿问："唐晶阿姨是不是好女人？"

"当然是。"我毫不犹豫地答。

"我听过唐晶阿姨打电话求男人替她办事，她那声音像蜜糖一样，不信你问她，"安儿理直气壮，"那男人立刻什么都答应了。"

我更加悲哀。

真的？唐晶也来这套？想来她何止要懂，简直必须要精呢，不然的话，一个女人在外头，怎么过得这许多寒暑？女人所可以利用的，也不外是男人原始的冲动。

"真的吗？"我问女儿，"你见过唐晶阿姨撒娇？"

"见过，还有一次她跟爸爸说话，绕着手，靠在门框上，头斜斜地拄着门，一副没力气的样子，声音很低，后来就笑了。"

"是吗？有这种事？"我竟然不知道。

安儿说："妈妈，你眼睛里除了弟弟一个人外，什么都看不见。"

我怔怔地想：我倒情愿引诱史涓生的是她。

我真糊涂，我从来不知道别的女人会垂涎我丈夫，而我丈夫，也不过是血肉之躯，难经一击。

门铃响，安儿去开门。

她扬声说："是唐晶阿姨。"

唐晶这死鬼永远是漂亮的，一样是事业女性，一样的时髦衣裳，穿在子群身上，显得轻佻，但唐晶有个标致格，与众不同。

我长叹一声，"只有你一个人同情我。"

唐晶看我一眼，"你并不见得那么值得同情，此刻持DSWS身份的女人，不知有多少，没男人，就活不下去？社会不会同情你。"

安儿在一旁听见，比我先问："DSWS？那是什么？"

唐晶笑答："Divorced separated widowed single[1] 的女人。"

我喃喃道："真鲜。"

唐晶脱去脚上的皮靴子，把腿搁在茶几上。

-----

[1] Divorced 指离婚，separated 指分居，widowed 指寡居，single 指单身。

我问她："今天早下班？"

"去看医生。"

"什么病？"

"整容医生，不是病。"

我吃惊，"你要整哪里？"

"别那么老土好不好？"唐晶笑，"整容又不是新闻，"她啜口茶，"整眼袋，免得同事老问我：唐小姐，你昨晚又没睡好？我受不住这样的关怀。"

"可是整容——"

"你想告诉我只有台湾女歌星才整容？"唐晶笑，"女歌星也吃饭呀，你还吃不吃饭？令自己看上去漂亮一点是很应该的。如今时装美容杂志每期都刊登有关详情，如买件新衣而已。"

我发呆，"我真跟不上潮流了，唐小姐。"

"你又不经风吹雨打，不需要整顿仪容。"

"说真的，"她放下茶杯，"子君，你不是说要见一见辜玲玲？"

"是，我说过。"

"她也想见见你。"

我站起来，"你仿佛跟她很熟。"我瞪着唐晶，"你到底在扮演什么角色，是人还是鬼？"

唐晶指着我鼻子说："若不是跟你认识二十多年，就凭你这句话，我还睬你就是小狗。"

我说："对不起。"又坐下来。

"你这个标准小女人。"她骂。

"她在什么地方？我去见她。"我豁出去。

"她在家里。"唐晶说。

"涓生也在那里吗？"我忍不住还是问。

"涓生哪儿有空？他在诊所。"

"马上去，我看她怎么个美法。"我悲凉地说。

"她长得并不美。"唐晶说。

起先我以为唐晶帮我，但后来就知道唐晶最公道不过。她说一是一，说二是二。

她把我带到中上住宅区一层公寓。

来开门的便是女明星辜玲玲本人。

开头我还以为是菲律宾女佣，跟我们家的美姬相似。烫着短发，黑实的皮肤，平凡的五官。

到唐晶称呼她的时候，我才知道她是辜玲玲，我诧异到极点，故此表情反而非常自然。

这样的一个人！

跟我噩梦中的狐狸精没有半点相似之处，太普通太不起眼，连一身衣服都是旧的，活脱脱一个欧巴桑[1]。我真不知是悲是喜，就凭她这副德行，便抢走了我的涓生？

涓生真的发疯了。

这辜玲玲要比我老丑三倍。

她招呼我们坐，笑脸是僵硬的。

---

[1] 日语音译，意为大嫂、阿姨。泛指中老年妇女。

她大概是不肯称我为"史太太"，故此找不到称呼。

她双手很大很粗，像是做惯了活，指头是秃的，也没搽蔻丹。

如此家乡风味的女人。

她开口："听说你答应离婚。"

我点点头。

涓生竟舍我取她，难道我比她更不如？

她松一口气，"我跟涓生说，受过教育的女性，不会在这种事上生枝节。"算是称赞我？

但说的话也很合情合理。

"我自己也是过来人，"这么坦白，"离婚有一年。"

这时候一个跟安儿一般高大的女孩子自房内走出来，冲着辜玲玲叫声"妈"。

这大概便是安儿说过的冷家清。女儿长得跟妈差不多的样子，黑且实，鼻梁上架一副眼镜，比起她，安儿真是娇滴滴的小安琪儿。

听说她还有一个儿子，史涓生敢情有毛病，这跟他自己的家有什么两样？他却舍却自己亲生的孩子不要，跑来对着别的男人的孩子，倘若这是爱情，那么爱情的魔力也太大了？

他目前所唾弃的生活方式跟他将来要过的生活方式一模一样，旁观者清，我知道他是要后悔的。

辜玲玲的家并不如一般明星的家那么金碧辉煌，看得出是新装修，是涓生出的钱？

主色用浅咖啡，很明显是想学欧美小家庭那种清爽简单的格调，大致上没有什么不妥，但细节就非常粗糙：一套皮沙发是本地做的，窗帘忘了对花，茶杯与碟子并不成一套。

涓生所放弃的要比这一切都精细美丽考究，他这样做是为了什么？难道这个其貌不扬的女人能够在肉欲上满足他？

我听见唐晶说："……这样也好，见过面之后，你们有话可以直说。"

我不以为然，唐晶太虚伪，我与这个女人有什么话要说？见过面，免得在一些场合碰上了也不晓得避开，如此而已。我笨了这些年，从今天开始要学精乖。

然后，唐晶拉一拉我，示意要走，我俩站起来。

那辜玲玲还不好意思地说："没有什么招待。"

应酬功夫是要比我们好，她们做戏的人……也许唐晶又要说我老土，一竹篙打沉一船人。

我们走到门口，迎面碰见一个老头进来，弓背哈腰，满头白发，看上去活脱脱似个江北裁缝，只见唐晶朝他点点头。

老头看我们一眼，熟络地进屋去。辜玲玲掩上门。

我心中气苦，便抢白唐晶，"你跟她家人很熟呢。"

唐晶将我塞进车子。

"你道他是谁？"

"谁？"我恶声恶气。

"那是辜玲玲的前夫，叫作冷未央，当年鼎鼎大名的编剧家，一个剧本值好几万。"

我倒抽一口冷气："什——么！"

我真正地吃惊了，那么一个糟老头？没有六十也有五十五，一副褴褛相，她嫁了他？我的天，这事史涓生知不知道？

太离谱了，我还以为女明星个个穷奢极侈，锦衣玉食，出外时搭乘劳斯莱斯，一招手来一车的公子，身上戴几百克拉钻石，要什么有什么，然后成日披着狐裘（狐狸精），脚踏高跟拖鞋，脚趾都搽得鲜红，专等她情人的妻来找她算账。

不是那回事。

谁知不是那回事。我呆呆地由得劲风吹打我的脸。

"冷呢，"唐晶说，"把车窗摇上。"

我如堕入五里雾中，朝唐晶看过去。

唐晶说："我知道你在想什么，你身处暖巢太久了，外边的事难免不大明白。"

太不可思议，史涓生巴巴地抛妻离子，跑去捡这个老头的旧鞋，还得帮他供养两个孩子？这莫非前世的债。

难怪我公婆都会跑出来替我说话。

涓生倒霉也倒足了。

"这个女人！"我只能这么说。

"化起妆来在台上看还是不错的。"唐晶说，"许多人佩服她的演技。"

我愤愤地说："那自然是一流的。"

"她手边也有点钱，也不尽靠史涓生。"唐晶看我一眼。

"现在不靠，将来就靠了，谁不知道西医是金矿。"我说。

"这金矿至少还有一部分是你的。"唐晶说，"现在真要谈谈你的将来了。"

"见过大明星辜玲玲之后，我觉得自己的前途很乐观。"我很讽刺且赌气地说。

"你别看轻她，"唐晶叹口气，"人家很有办法，到南洋登次台便有几十万收入。"

"这社会太拜金。"我感慨地说。

唐晶边笑边点头，"果然不出我所料，怪起社会来了。"

我大力捶唐晶的大腿。

唐晶说："哎哎哎，当心，我这只脚在踏离合器——喂，子君，记不记得小时候，你嘴巴斗不过我，就喜欢打我的习惯？"

我们的思绪一下子飞回童年的平原，我悲伤起来，时间怎么过得那么快呢，转眼二十多年，人不怕老，最怕一事无成。我被生命骗了。

"别想得太多，来，我带你到一个好地方吃菜。"

我说："唐晶，送我回家吧，我那儿子醒来不见我，又要哭的。"

"权当你自己已经死了。"唐晶说，"何必那么巴结？你丈夫认为你已无资格为人母人妻，你尚不信邪？有时也得替自己着想一下。"

我苦笑，"唐晶，我真是不知道你这个人是邪是正。"

"你管我呢，反正我没勾引过人家的丈夫，破坏人家家庭。"她仰起鼻子。

"也许，"我难过地说道，"物必自腐然后虫生。"

唐晶点点头，"你的态度不错，很客观。这年头，谁是贤妻，谁是狐狸精？谁奸、谁忠，都没有一面倒的情况了，黑与白之间尚有十几层深浅不同的灰色，人的性格有很多面，子君你或者是一个失败的妻子，但却是个好朋友。"

后来我便没有再出声，自小我不是那种敏感多愁的女孩子，唐晶也笑过我"美则美矣，毫无灵魂"。当年涓生以及其他的追求者看中的，也就是这份单纯。

小时候的天真到了中年便成为迟钝，但是婚变对再愚蠢的女人来说，也是伤心的事。

回到家中，唐晶盘问我的计划。

我将平儿抱在怀中，对她说："我要找一层房子搬出去，涓生给我五十万遣散费。"

安儿正在学打毛衣，她一边编织，一边听我们说话。

旁人看来，也还是一幅美满家居图，然而这个家，已经四分五裂，名存实亡。

"如今五十万也买不到什么好房子。"

"我不想问他再拿钱。"

"我明白，赡养费够生活吗？"

"够的，够的，不过唐晶，我想找一份工作做。"

"你能做什么？"她讶异。

"别太轻蔑，凡事有个开头。"我理直气壮。

"做三五个月就不干了，我领教过你。"

"现在不同，长日漫漫，不出去消磨时间，度日如年。"

"工作不是请客吃饭，不是让你耗时间的消遣。"

"我晓得。"

"你一点经验也没有，一切从头开始，做惯医生太太，受得了吗？"

"我会咬住牙关挺下去。"

"我权且相信你，咱们尽管试试看。"

"唐晶——"

"别再道谢了，婆妈得要死。"

"是。"

"找房子布置起来是正经。别的本事你是没有的，子君，可是吃喝玩乐这一套，你的品位实在很高雅。"

我狼狈地说："总得有点好处呀。"

安儿抬起头来，双眼充满泪光。我把她也拥在怀内。

唐晶抬起头，双目看到空气里去，头一次这样迷茫沧桑，过了一会儿，她转过头来说："子君，做人实在没有多大的意思。"

我被她吓了一跳。

但是她随即说："明天，明天就去看房子，我们办事讲速度。"

我感激唐晶，我家人却不那么想，母亲带着大嫂来看我，两人炮轰现代女性。

"你真的搬出去？"母亲急问，"有什么事好商量，你别受人怂恿，我告诉你，是有这种坏女人，看不得别人夫妻恩爱，变了法子来离间别人，你当心。"

大嫂冷冷地巡视一下环境，阴阴地说："这么好的一个家，子君，我是你的话，我就舍不得离开。建立一个家，总得十年八年，破坏一个家，三五天也就足够。"

她们不明白，总要我承认，是涓生要把我自家里扫出去，我没有第二条路可走。

妈妈恫吓地问："这个婚，你是要离定的了？"

我说是。

大嫂吃惊，"子君，你要三思才好，涓生有外遇是一件事，离婚是另外一件事，男人总似食腥的猫儿，女人以忍耐为主，你搬出去？单是这三柜子的衣服，你搬到什么地方安置？"

我看着嫂子，只觉得我们是两个世界里的人。

她有她的理论，一直说下去："你不走，他能赶你走不成？你手上抓着钱，今天逛中环，明日游尖沙咀，爱干什么就干什么，何必便宜他？多少太太都是这样过日子，拖他那么三五年，他也就回来了，当什么也没发生过，你怎么可以跟他离婚？"

我不气反笑，"照你这么说，离婚反而是我的错？"

"当然是你的错。"大嫂直言不讳，"你将来一定会后悔的，你能搬到什么地方去？他才给你五十万，你随便在肮脏的红番区找一层小公寓，一辈子见不到一个上等的人，你这一生也就完了。"

我说："我这一生早就完了。"无限凄凉。

"早着呢。"大嫂冷笑，"人生的悲剧往往是会活到八十岁，你会离婚，我也会呀，我干吗不离？你哥哥的生意一百年来也不见起色，我艰苦中生了三个女儿，他还嫌我不是宜男相，我干吗不离婚？"

母亲听见她数落儿子，脸上变了色。

大嫂说下去："拂袖而去，总不能去到更下流的地方，你说是不是？"

我没说是，也没说不是。

我与她，纵然没有交流没有感情，到底结识近二十年，她有她的道理，她不见得会害我。

对于离婚这件事，一般人不外只有两个看法，一个是即时离异，不必犹豫；另一个是决不能离，拖一生一世。大嫂显然赞成后者，她的生活环境不允许她有别的选择，她的一番话不外是她的心声。我领她这个情。

我苦笑说："每个人的处境不一样，我势必将离，不得不离。"

母亲号啕大哭起来。

我说："不必哭，我会争气，我会站起来。"

大嫂长叹，"你就差没说'十八年后又是一条好汉'，子君，你还有十八年吗？"

我强笑，"别长他人志气，灭自己威风。"

"我倒不是怕你会来投亲靠友的，"大嫂哼了一声，"幸亏你大哥不成才，供养父母及三个女儿之后，还得赌狗赌马赌沙蟹。"大嫂说。

"你大哥不知几时欠下一屁股的债，他不向你借已经算上乘，你也占不到他便宜，不过我还是劝你三思。"大嫂说。

我不响。

母亲哭得更大声。

离婚是我自己的事，亲友们个个如临大敌，如丧考妣，真奇怪，这是什么样的心理？

当夜涓生不归。

我一夜没睡。

我平静而诙谐地想：原来我不能一夜没有男人，男人不在身边便难以入眠，这不是相传中的姣婆吗？

我摊开报纸，研究楼宇买卖分类小广告。

美孚新村，千二呎七十五万，嗯，楼价跌了。

沙田第一城。我没有车牌，住不得"郊区"。

太古城临海朝北……太远，看孩子们不方便。

扔下笔我跟自己说，打仗也是这样的吧，说着打就打来了，老百姓们还不是死的死，伤的伤，逆来顺受，听天由命，船到桥头自然直。

我生命中的太平盛世是一去不复还了，我伏在桌上再度饮泣，迷蒙间睡去。

天亮时平儿出门上学时唤我，我含糊应他，转到床上去憩一会儿。

正在梦中自怨自艾，自怜自叹，阿萍使劲地推我，"太太，太太，醒醒，安儿出事了。"

我顿时吓得魂不附体，跳起来，"发生什么事？嗯？她怎么了？"

"学校打电话来，说她与同学打架，在校长室内又哭又闹，太太，他们叫你马上去一趟。"

"好好好，你替我准备车子。"

"太太，司机与车子都被先生叫到'那边'去了。"阿萍据实报告。

我心一阵刺痛，"好，好。"那么现实。

是他的钱，是他的车，他要怎么用，给谁用，由得他，我无话可说。

我匆匆换好了衣裳，叫街车赶到学校，由校役带我到校长室。

一进门，看到情形，我不由得吓得呆住。

不是安儿，安儿完整无缺，而是另一个女孩子。她头发凌乱，校服裙子被撕破，脸上全是手指甲抓痕，手中拿着副跌碎的眼镜，正在哭泣。

而安儿却毫无惧色，扬扬得意地蔑视对方。

我记起来，这女孩子不就是辜玲玲的女儿冷家清吗？

我惊呼："怎么会这样？"

校长站起来，板着一张脸，"史太太，史安儿在操场上一见到冷家清就上去揍她，冷家清跌在地上，她还踢她。我们通知双方家长，但是冷太太出外拍戏未返，我们打算报警带冷家清去验伤，你有什么话说？"

我瞪目不知所措。

安儿自牙齿缝内迸出来："打死她，打死这贱人的一家！"

校长挥挥双手，忍无可忍地喝道："史太太，如果你不能解释这件事，我们决定开除史安儿。"

我连忙说："千万不要报警，我愿意送冷家清到医院，求你听我说几句话——"

"自然有校工会送冷家清到医院。"校长一张脸像铁板似的,"用不到你。"这时候校工进来,冷家清跟他出去。

可怜,手腕、膝盖全部摔破,我不忍,转过头来骂安儿:"你疯了,你打人!"

安儿嚷:"我为妈妈报仇,妈妈反而骂我?"

我一时浊气上涌,伸手"啪"地给她一巴掌。安儿先是一怔,随即掩着脸,大声哭泣。

校长制止,"史太太,"她厌恶地说,"平时不教导孩子,现在又当众打她,你不是一个好母亲。"

我听了这样的指责,顿时道:"校长,我有话说。"我转头跟安儿讲:"你到外头等我。"

安儿出去,掩上校长室门,我从头到尾,很平静地将辜玲玲一家与我们的瓜葛说个清楚,来龙去脉一字不漏。

"……校长,我不介意你开除安儿,只是我希望你明白她身受的压力,她也身不由己,相信校长也晓得她平时是个好学生,成绩一向不错。"

校长的老脸渐渐放松,她不知说什么好,以一声长叹代替。

我站起来,"我们先走一步,校长。我没有要求你的原谅,我只希望得到你的理解。"

她沉吟,"史太太,安儿明天可以来上课。"

我放下一颗心,"校长,我想我会替安儿办转校手续,既然发生这样的事,我不想她学校生活有阴影,如果校长愿意帮忙的话，请替我们写一封推荐信。"

校长转为非常同情。

"史太太，我愿意推荐安儿到本校的姐妹学校就读。"

"谢谢校长。"

"明天请安儿来上课，告诉她不会见到冷家清，冷家清起码要放三天假。"

"是，校长，关于安儿……我会向她解释，这一切……不是什么人的错。"

校长又叹一口气，满脸的同情。

我说："我走了。"

安儿坐在校长室门口，我心痛地抚摸她的脸。

她说："妈妈，我给你添了这么多麻烦。"

我喃喃道："不怕，安儿，我们不怕，我们很坚强，一切都可以应付得来。"

"妈妈，你怎么变得这样勇敢？"她抬起头来。

我苦笑，"妈妈打了你，痛不痛？"

她微笑，"不痛。"

回到家，我筋疲力尽地向安儿解释，这不关冷家清的事。

安儿似乎有点明白，像她那样年纪的孩子，事事似懂非懂，很难说。

傍晚，史涓生的电话到了。

我知道他找我为什么。那女人一定吐尽苦水。

取过电话我就冷冷地先发制人："是的，我们的女儿揍了她的女儿。史涓生，你听着：史安儿姓史，有你一半血液，冷家清与你丝毫没有关系，你若说一句叫我听不顺耳的话，我带了两个孩子走得无影无踪，你别借故行凶！"

他半晌说不出话来。

"要报警是不是？去报呀，你怂恿她抓你的女儿去坐牢呀！"我状似泼妇，一口咬定涓生不放。

"…………"

安儿在一旁将头靠在我肩膀上，双眼中全是感激。

涓生在那边终于叹口气，"你知道冷家的孩子也是无辜的。"

我说："她再无辜，也轮不到你出来替她说话，一切都是你引起的，安儿为这件事要转校。"

"我也知道安儿心里不舒服——"

"你已经不要这个家了，我们好，不用你称赞，我们沦落，亦不用你嗟叹。"

"孩子仍然是我的孩子。"他说，"你告诉安儿，明天我来看她。"他挂了电话。

我的心沉重。

这时候平儿拿着漫画书走出来，很兴奋地说："妈妈，妈妈，我发现了新大陆。"

我强颜欢笑，"是吗，快快告诉我听，发现了什么。"

"妈妈，Q 太郎与叮当是同一个人画的。"他一本正经地说。

我做佩服状，"噢，是吗，多么细致的观察力，"我眼泪往肚子里流，"你喜欢哪一个呢？"

"我现在喜欢叮当，以前我也喜欢 Q 太郎。"平儿摇头晃脑地说。

我一震，"为什么，为什么你不再喜欢 Q 太郎？"

平儿搔搔头，想很久，"不知道。"

我问："是不是看厌了？"

"对，"平儿恍然大悟，"看厌了。"

我长叹一声，"平儿、安儿，妈妈要静一会儿。"

我走进房间，将自己关着良久。

下午与唐晶出去找房子。我们托经纪办，并没有费太大的劲，小型公寓每层都差不多样子，六七百呎，小小的房间便于打通，浴间对着客厅，厨房只够一个人转身。

我不介意地方小，越小越好，一个人住那么大的地方，空谷回音，多么可怕。

我忍不住将上午的事向唐晶倾诉着。

唐晶说我应付得很得体。

我滔滔地发着牢骚，唐晶打断我——"超过十分钟了。"

"什么？"我不明白。

"每天只准诉苦十分钟，"她笑，"你不能沉湎在痛苦的海洋中，当作一种享受，朋友的耳朵耐力有限，请原谅。"

我顿时哑口无言，怀着一肚子委屈，傻傻地呆视她。

唐晶柔声地说："天下不幸的人要多少有多少，你不是特权分子，你若不信，我就推荐你买本《骆驼祥子》来瞧瞧。"

我低下头，回味着她的话。

"——这间屋子方向不错，"她转头跟经纪说，"只是请你跟屋主说：装修我们不要，看他是否愿意减一两万。"

经纪唯唯诺诺。

唐晶问我："不错，是不是？叫史涓生付钱吧。"

"什么价钱？"我问。

"五十二万，十六年期。"经纪说。

我苦笑，"够了，到那个时候我早就死了。"

"你放心，死不了。"唐晶坐在空屋子的地板上，盘起腿。

在阳光下，她的脸上有一层晶莹的光采，那么愉快，那么自然，她双眼中有三分倔强，三分嘲弄，三分美丽，还有一分挑逗。她是永不言输的，奋斗到老。

我觉得惭愧，握紧拳头。我的力气呢，我的精神呢？

经纪说："唐小姐，你若看中，就放一点定金。"

唐晶签出支票，一切是她的主意，我唯命是从。

她说："地段是差一点，胜在价钱便宜，算了。"

她搭着我的肩膀离开那层公寓。

我也没向她道谢，在门口分手，各自返家。

子群知道我新居的地段，马上发表意见。

"你怎么住到美孚去？贪什么好？穿着睡衣下楼吃馄饨面还是怎么的？告诉你，男人一听见你住那种地方，嫌远，连接送都不愿，这是谁的傻主意？八成是唐晶，是不是？"

我冷冷地问："依你说，该怎的？"

"史涓生既然给你五十万，你就拿来租房子住，把自己打扮漂漂亮亮，再钓大金龟，到时不愁穿不愁吃。"

"是吗？"我看着她，"你呢，你怎么没钓到？你比我年轻，条件也比我好。"

她哑口无言，没趣地住口。

子群住又一村，租了人家旧房子的一间尾房，很受二房东的气，夜归开一盏门灯也不准，但她情愿用薪水供一部日本跑车在街上飞驰，充大头鬼，人各有志，闲时告诉那些牛鬼蛇神："我住在又一村。"

这次走出来，我还打着有男人追的主意不成？只要活下来、活得健康，已是我最大的宗旨。

五十万有多少？如果没有进账，不用很奢侈，花一年也就光光的，以后我还活不活下去？

子群的意见简直可以置之不理。

第二天见到涓生，我毫不客气，摊大手板问他要钱。

他问："你找到房子了？"

"五十二万，请付现金支票。"

"子君——"他有点为难。

他犹疑了。

他会犹疑吗？

"安儿打人的事……"

"我已经教训过她，她被我掌嘴，还不够吗？"

"我想我还是把她送到外国去好。"涓生忽然说。

"什么？才十二岁就送外国？"我愕然，"她又是女孩子，怎么放心？"

"怕什么，大不了做小洋人，"涓生笑，"现在流行到外国，你问问她。"

"你是要遣走她，是不是？"我责问。

"你别多心，子君，去不去由安儿自己，她也并不是儿童了。"

"事情一宗管一宗，我那屋款，你先给我再说。"

"子君，我只能给你三十万。"他忽然说。

"什么？"

"子君，我算过了，我最近很紧，只能付你三十万，其余二十万，分期付款，你先向银行贷款，以后我设法还你。"

我倒抽一口冷气，"我拿什么钱来做分期付款？"

"我每个月还会付你五千块。"

"五千块？那不是我的生活费用吗？"

"你最好省一点，或是……找工作做。"

我说："如今的利息那么高，史涓生，你说过会安置我的。"

涓生脸上出现厌恶的神情，我知道他在想什么，他在想：这女人，我豢养她十多年，她眼中只有钱，现在与我讨价还价，像在街市买菜一样。

我沉默了，一颗心在滴血。

"……你还有点首饰……"他说。

他声音是这样的陌生。我在干什么？向一个陌生人要钱，并且尚嫌少，子君啊子君，你怎么好意思。我根本不记得什么时候认识过面前这个男人，我挚爱的丈夫史涓生已死，我似已死。

我听见我自己说："好，三十万就三十万，余数我自己设法。"

他见这么爽快顺利，连忙掏出支票簿，立刻开出张支票。

我麻木地接过。

"我也许还要送平儿安儿出去读书，都是费用哪。"

我别转头，没有回答，没有落泪，史涓生站起来走了。

唐晶说得对，我并不是世上最不幸的，世上亦有很多女人，怀着破碎的心，如常地活着，我的当务之急是要把青山留着。

那夜我拥着平儿睡。

唐晶为这件事诧异。她并没有批评史涓生，但是她说："我知道有人趁妻子怀孕时遗弃她。"

后来我们在律师楼处签屋契，余款交银行做分期，分十年给，每个月四千六百。

我得找一份工作，养活自己。我能做什么呢？

唐晶说："首先，我要替你伪造一份履历表，没有人会聘用一个坐在客厅中的太太。然后，请你记住，只要肯学肯做，你总挨得下去，打工并不需要天才。"

我只觉背后凉飕飕的，说不出地彷徨。

唐晶微笑说："谁生来就是劳碌命？这世界像一个大马戏班子，班主名叫'生活'，拿着皮鞭站在咱们背后使劲地抽打，逼咱们跳火圈、上刀山，你敢不去吗？皮鞭子响了，狠着劲咬紧牙关，也就上了。"

我默默听着。这话虽然滑稽，但血泪交替。

唐晶伸出手，"欢迎你加入我们的行列。"

我忽然开口："唐晶，就仿佛数天之前，我与你一起吃午饭，那时候我在心中才跟自己说，高薪？一万块一个月又如何？叫我天天早上七点挤到中环，就算捡了钱就可以马上走，我也懒得起床。你说，唐晶，这是不是折堕？"说罢我竟忍不住，仰面哈哈地笑起来。

轮到唐晶不出声。

我解嘲地说："唐晶，子群说得对，没有一生一世的事，我的福气满了。"

找工作这一关最难过，我不能事事靠唐晶。摊开《南华早报》聘请栏，我简直不相信自己的眼睛，薪水这么低，堂堂大学生才三千多底薪，虽然说机会好有前景，升得快，但从底层到升职，简直是一篇血泪史，我还没开始，心底已经慌了。

要不去教书吧，人事比较简单。

唐晶说："天下没有安乐土，哪里都一样难。"

"先别把我吓窒息了。"我强笑。

她帮我选的尽是大机构的工作，我问为什么，她说："山高皇帝远，好处多着呢，总比到小的地方去做的好：老板老板娘自己都一脚踢，乌眼鸡似的盯着伙计，上多次厕所也不行，赚那薪水，真阴功。"

"人事复杂，我应付不了。"

"两个人更复杂，你看你跟史涓生。"

我持着真文凭与假履历去见工，一进接见室，双腿直打战，太窝囊了。

唐晶早就嘱咐我，应聘什么职位，该说什么废话，回答什么问题，事前我像跟平儿、安儿温习功课考名校幼稚园似的恶补。我几乎没哭出来。唐晶一直那么乐观与滑稽，她说："不要紧，你长得好看，老板一下子就感动了，此刻外头的女职员都像一把扫把倒转头插，你多多少少有点机会。"

在履历表中，我曾在海外任过好一阵子的公关主任，唐晶甚至弄来前雇主的推荐书，太有办法了，像个女太保。

见工完毕，房子也装修妥当。

史涓生与我约好时间到律师处签名。

我大笔一挥，便与他结束了十多年的夫妻关系。

从此以后我六亲无靠。

当夜，我收拾好衣服搬出去，安儿很能帮忙了，冷静地替我折叠衣服。

旧衣服最能唤起回忆，什么裙子在哪些场合穿过，哪件衬衫他说过好看……我苍白着脸。

安儿说："爸爸来过，问我是否愿去外国念书。"

"你想不想去？"

"颇想。"

"你现在才中学一年级，不太早一点吗？"

"早一点去习惯，考大学容易。"她的语气完全像个大人。

"你对家一点留恋也没有？"

"没有妈妈的家，怎么能算是家呢？"

我点点头，"你与父亲商量吧，他不愁没有费用支持你。"

"弟弟怎么办？"安儿忍不住问。

"祖父祖母明天就搬进来。"

"妈妈，你与父亲，还能维持朋友关系吗？很多人说夫妻离婚后反而成为好朋友。"她公然与我谈论男女关系。

"骗你的。"

"妈妈,我会时时来看你。"

我将她拥在怀内。

我可以看到我的前路,路是有的,可惜崎岖一点,布满荆棘,走过去,难免会头破血流,尚有许多看不见的陷阱引我失足。

又想起看过的一本书,叫《飞狐外传》,书中一位妇人的丈夫遭仇家毒手,她引刀自刎殉夫。临死时说:"这样我就少吃三十年的苦了。"

当时我很是佩服这种气概。今夜我坐在新公寓的房间内,跟自己说:子君,如果你有勇气的话,也可以效法那位胡夫人,那就少吃三十年的苦了。何必再出去找工作开始"新"生活,从头奋斗呢?

我用手紧紧地按住自己的脸,不让自己想下去。

太懦弱了。

太懦弱了。

唐晶的解释是:"无论什么人,在环境困难的时候,都会想到死。这是正常的心理反应,但不应长久持续,死是很浪漫的,故此有点吸引力,然而我是一个踏实的人,我只想如何改良环境。"

过了几天,事情有了进一步的变化,更促使我好好地活下去。

星期六醒来,非常冷清,不知做什么好,接到一个电话,是服装公司打来的。

"史太太,你的两条裤子已经改好,若再不来取,天快热了。我们一直没跟你联络上,你搬家忙吧?"

我猛然想起来,可不是有这么一回事,可是……我现在还要这么贵的衣服来干什么?我已失去我的身份。

"史太太?"

"好,我一有空马上来取。"

不久便会有旁的姜太太、李太太跑到店里去闲聊:"史太太跟史医生分开了,她不会再来你们店买东西了。"一阵嬉笑。

我知道,因为我曾嬉笑过别人。我低着头沉思良久。

一会儿安儿下课会来找我,我还是准备一下吧。

我到楼下超级市场买做菜的材料,走过报摊,眼睛一瞄,顿时愕住了。

一本畅销的《秘闻》周刊封面上并排两个人头,咦,这不是史涓生吗?我怀疑我看错了,走近一点,果然是史涓生。他身旁的是辜玲玲。

真要命,怎么做起封面来了,我心沉下去,连忙掏出零钱,买了一本。

封面上以粉红的大字为标题:辜玲玲找到第二个春天,史医生言听计从,不顾外来阻碍。

在电梯里我就打开内页,辜玲玲与史涓生相依偎地坐在一张沙发上拍照留念,两个人紧紧握着双手,笑得合不拢嘴。

辜玲玲告诉记者:"他与前妻感情分裂已有好几年,刚巧我亦离婚,两个伤心人走到一起,又谈得拢,感情进展得极快。"

伤心人？史涓生是伤心人？那我是什么人？我气得簌簌发抖。

到了家，什么也顾不得，坐下来先奇文共赏。

她又说："史医生根本得不到家庭温暖，我给他打件毛衣，他就感动得哭，由此可知他的婚姻生活惨到什么程度，根本有名无实。外界传我破坏人家家庭幸福，根本没有可能，如果身为人妻，只顾打牌逛街，后果自负。"

我不相信自己的眼睛。

这个女人！天下的风光都叫她占尽了。

最后她说："我与史医生定于一年后结婚，婚后退出影坛。"

记者便祝福她与史涓生白头到老，永远快乐。

我受不了这样的刺激，也不觉得如何伤心，只是气，气得呼吸都不均匀，眼睛都花了。

电话铃响，我取过接听，是唐晶找我。

我一句话都说不出来。

唐晶在那边说："假如你没有买《秘闻》杂志，千万别买；假如已经买了，把它扔掉，千万不要看。"

"我买了，也看了。"我颤声说。

"那么忘记它。"

"我也可以开记者招待会呀。"我说，"凭什么任她一面之词，大肆风光？"

"呵，欢迎之至，我已经可以看到标题，下一期《秘闻》杂志上的大字：史医生前妻招待记者，反击辜玲玲蓄意破坏家庭幸福……"

我脸气白，"我应该怎么办？"我反问，"忍气吞声？"

"子君，人家给你气受，就是想你不高兴，你又何必满足他人欲望？"

"史涓生为什么这样伤害我？"

"控诉控诉控诉。"唐晶说，"真要命。"

我尖叫起来，"别吊儿郎当地对我好不好？"

她沉默。

我哭泣，"对不起，唐晶。"

"你又哭？"唐晶叹道，"我劝你装聋作哑，不要再追究这件事，你若开记者招待会，那才真的吃亏呢。"

"天下没有公理吗？"

"这种小事也牵涉公理吗？"她反问，"将《秘闻》周刊扔到垃圾桶里不就完了？"

"可是史涓生是爱过我的。"

"史涓生这个人已经在你生命里淡出。"

我仍然激动。

"给你自己一点时间，子君，时间长一点你就会忘记。"她叹口气，"我只能这样说。"

"没有人能够帮我。"我失望地埋怨。

"做人真是寂寞，你说得对，子君，没有人能够帮我们。以前小时候，我也曾拥有过偶像，后来我发觉，我最崇拜的人，是我自己。"唐晶说。

"只有我才会帮自己度过一山又一山，克服一次又一次难关。"唐晶说。

我有一点点明白。

门铃响。

我说："安儿来看我，我们再联络吧。"

我连忙擦干眼泪去开门。安儿脸色苍白。

一开门她就说："妈妈，我决定到加拿大读书。"

"为什么？"

她自身后取出一本《秘闻》周刊，"老师同学们都看过了，说些很不堪入耳的话，我无法再在这间学校读下去。"

"能瞒得了多久？"她似一个大人般责问我，"他们两个人这么明目张胆。"

我咬咬牙关，"好，就这么着。"

"妈妈，冷家清哭得很厉害，她说她父亲骂她母亲贪慕虚荣，不给他留一点面子。"

"你跟冷家清不是打架后已经不再说话了吗？"

安儿说："她也很可怜，都说她是拖油瓶。妈妈，我和弟弟会不会做油瓶？"

"绝无可能，你妈妈不会改嫁的。"

"我约好爸爸下午在家商量到加拿大的事。"安儿说。

"你想怎么做。你与他直接说。"

"妈妈，我实在不太想跟他说话，他都不像爸爸了。"

"他仍然是很爱你们的。"

"但是他欺负你。"

"我与你们姐弟不同，不能相提并论，将来你会明白的。"

"我想去加拿大寄宿学校，"安儿有一丝神往，"中学毕业，就十六岁了，十六岁好不好算大人？"

"算，"我笑笑，"三十八寸的大胸脯。"

安儿羞，用手掩着脸笑。

安儿回家后，我把《秘闻》杂志烧掉。

当天晚上，我故意不去看平儿，让他与祖父母做伴。

晚上我看书，唐晶借给我一本《骆驼祥子》，唐晶对这本书的评语是："人的伸缩性真强，能在祥子那样的环境中活到老死，天地不仁，以万物为刍狗。"

我越读心情越沉重。

半夜十二点半，电话铃响。

谁？孩子们？我跳起来接听，公寓房子虽然狭小，午夜铃声也惊心动魄。

"喂？"

"史太太？"陌生的声音。

"谁？"我诧异。

"史太太，我是冷未央。"

"什么？"我说，"打错了。"

"史太太，喂喂，我是辜玲玲的丈夫。"

"啊？"我觉得蹊跷，"什么事？"

"史太太，你看到《秘闻》周刊了吧？"那边很愤慨。

"怎么样？"我警惕起来。

"我与你应当联合起来，招待记者，揭发那一对狗男女的隐私！"他说得慷慨激昂。

"什么？谁是狗男女？我不明白，请你以后别再打这个电话，否则的话，我报派出所。"我立刻挂掉电话。

"我与你……"他说。

我与他？我马上想起他弓着背哈着腰的垃圾相，我与这个老头？我们几时站在一条线上了？

我与这种人难道同样可以算是天涯沦落人？

我大笑起来，我与他！

笑完之后，心中畅快得多。

唐晶说得对，黑与白之间还间着许多深深浅浅的灰色。今天轮到我做牺牲者，然而在辜冷关系中，辜玲玲何尝不是牺牲者。

我睡熟了，因为我要活得更好。

第二天来不及赶去看平儿。

平儿在搭积木，他祖母看见我讪讪的，我很大方地招呼。

令我失望的是平儿，他抬起头，看到我，只叫声"妈妈"，然后又起劲地玩他的新积木。

才过几天，他就忘了我，我还以为这孩子没我不行呢。真令人倒抽一口冷气。

想想也有点安慰，也许史涓生对我来说，也就是这样，开头以为没有他不能活，后来混一阵，也就浑浑噩噩地过。

我悄悄问阿萍："弟弟不吵？"

阿萍答："他祖母待他如珍宝，他自然不吵了。"

我略略放心。"先生有没有回来？"

"天天回来看弟弟，那女人也跟着来。"

"啊！"

"老爷奶奶不喜欢她，嫌她有油瓶，但是她真懂得讨好，日日在家炖了汤，亲手提来给奶奶喝。奶奶叫我倒掉，我倒得个快，谁知那日她叫我取碗去，硬是求老爷喝。"

"喝的是什么汤？"

"水鱼汤。"

她为什么不炖鹿尾巴汤。

"今天会来吗？"

"来，怎么不来，来之前先打电话来，萍姐长萍姐短地唤我。"

"你当心，等老爷奶奶给她好脸色后，你就该卷铺盖了，别以为换了朝代你照样混得下去。"

"太太还有心情说笑话。"阿萍抱怨。

我轻轻叹口气，我总不能哭呀。

"弟弟叫她什么？"

"那天我听了那女人哄弟弟叫她妈妈，奶奶满脸不悦地说：'你又不是没有孩子，大把人叫你妈，他有自己的娘，混叫什么？'"

我心中一阵感激，奶奶倒是很明事理，别的不要紧，平儿是我的宝贝，一旦叫起别的女人"妈妈"来，我受不了。

坐了半晌，茶叶喝过，点心也吃过，只好站起来走。

四点多钟站在路边等出租车，半晌也没一辆车子，出租车司机用一块烂布遮着小红旗，"交班。"他们说。

我很彷徨，仿佛记忆中是有这么一回事，报纸上也报道过，很为市民诟病，但是我住在这个城市三十多年了，还是第一次遇上。

越站越累，我很害怕，有一种沦落异乡返不得家的感觉。

一辆空车停下来，数十人挤上去争着开车门，一点秩序与礼貌都没有。

我急了，看看腕表，快五点了，连忙到熟悉的店家去借电话，拨到唐晶那里。

从搭不到车到找地方安身，我所可倚托的，也只有唐晶。我苦笑，若她是男人，倒也省事。

电话接通，女秘书说："唐小姐开会呢。"

死了。

"咦，唐小姐出来了，请你等等。"

"谁？"是唐晶。

"我是子君，我搭不到车，沦落街头，你来送我一下吧。"

她哈哈大笑，"子君，你也有今日，太痛快了，简直皇天有眼，你在经纬几度？我就来。"

我啼笑皆非，"九龙塘旧家，你来惯来熟的。"

"二十分钟后见。"

我挂了电话，足足又等了三十分钟，唐晶的小小日本车总算驾到。我但觉腰酸背痛，中年妇女的症候一下子迸发出来。

我上车，松口气。

唐晶还在笑，"我记得你，子君，以前司机开车子，若不是恰恰停在你的面前，你马上板起脸，睬也不睬，非得司机倒车，退至你面前不可。当时我就想：这小女人这么刁钻，何德何能，胆敢这么放肆，好了，话没说出口，果然折堕，哗，大快人心。"

我忘了骂唐晶幸灾乐祸，只是吃惊。

是吗？这是我的所作所为？我真的摆过这种架子？

我怃然而惊，太离谱了。

"到家啦。"

"十五分钟的车程，等足九十分钟的车。"我嘟囔。

"你总算尝到小市民的苦头。"唐晶仍然笑吟吟。

我恨起来诅咒她："因你这张嘴，祝你一辈子做老姑婆。"

她并不怕，反而说我："哟，发烂渣[1]。"

"上来陪陪我。"我说道。

"长贫难顾，"她说，"你还是陪自己吧，老舍看完，看我推荐的鲁迅，本小姐还要超时工作。"她开车匆匆离去。

我吁出一口气，没奈何。

冷清的公寓，再也没有安儿平儿奔出来叫妈妈。

我索然无味，撑着头想了半晌。是得找一个工作，像唐小姐那样，忙得半死，回来一头栽在床上，睡了再说，凡事想得太多是不行的。

我拿起鲁迅的短篇小说集，唐小姐也真有一手，那么紧张的工作，还看这么多好书。我的时间都用到什么地方去了？不由得不惭愧。

打开第一篇，就看到涓生与子君这两个名字，吓一大跳，

---

[1] 无理取闹，乱发脾气。

怎么那么巧？小说名叫《伤逝》，到结尾，涓生与子君分手，子君回去，死在家中。

我跟子君说：那是以前的子君，现在的子君不一样，没有涓生，也可以生存。

我叹一口气。

电话铃响。我自小说的世界里走出来，有点迷茫。我拿起话筒，是涓生。

史涓生，连姓带名都一样。一无是处的书生。

他也不称呼我，开口就说："我与安儿谈过，她愿意去加拿大，我正在替她找一间好的寄宿学校。开学时，我会陪她一起入学。"

我有点放心，他始终重视骨肉。

"要去就下个月去。"

"这么快？做插班生，有人肯收吗？"我说。

"我会替她办妥。"涓生说。

"衣服呢？那边严寒。"

"不怕，我选的是温哥华，很暖和，表舅在那边，记得吗？"

"那还比较好一点，"我说，"她到底还小。"

"详细情形再联络吧。"隔一会儿他并没有挂上电话，"你在做什么？"

"看小说。"

"谁的小说？"

我忍不住说："鲁迅的《伤逝》，男女主角的名字跟我俩的一样。"

　　涓生叹口气，"我跟你说过这是巧合。"

　　"你跟我说过《伤逝》？"我诧异。

　　"你忘了，子君，你无心装载。你几时听过我说话？"

　　是吗？我竟是那样粗心的女人？涓生向我提过这本小说？我一点记忆也没有。

　　我词穷。

　　"我们下次再联络。"涓生说。

　　我忽然依依不舍，我从来没有与涓生谈得这么投机，因而不想放下话筒。

　　涓生也并没有挂电话，我俩沉默良久。

　　终于还是我说："再见。"很有荡气回肠的感觉。

　　涓生控诉我从来没有听过他说话。

　　这是真的吗？我竟是这样的妻子？我呆了很久。

　　结婚十三年至分开，当夜我第一次隐隐觉得自己也有错。

四

我们只爱肯为我们牺牲的人。
想要我们牺牲的，我们恨他。

我的职业有了着落。

叫我去见工，我狂喜。

唐晶赶紧为我做了一份证件，签名人是她："在雇用期间（六年），持信人工作尽力，信用可嘉……"

她成了我的老板。

我愕然。为我说谎，唐晶太可爱。（我们只爱肯为我们牺牲的人。想要我们牺牲的，我们恨他。）

"穿像样的套装上班，"唐晶说，"第一印象很重要。"

"我有，我有华伦天奴的套装。"我抢着说。

"疯了，"她说，"穿一万元的洋装去做份月薪四千五的工。"

"什么？四千五？"我的高兴一扫而空。

"你想多少？"

"你的月薪多少？"我反问。

"他妈的，你跟我比？"唐晶撑着腰骂将过来，"你是谁我是谁？我在外头苦干十五年，你在家享福十五年，现在你想与我平身？有四千五算很好了，是我出尽百宝替你争取回来的。"她冷笑连连，"你这种人，根本不值得帮的，老土得要死。"

我怔怔看住唐晶。

"你会做什么？十多年前的一张老文凭，当厕纸都没人要，若非凭我的关系，这样的工作还找不到，你做梦呢，以后要我帮的地方还不知有多少，先抖起来了？"

我热泪滚滚而下，"唐晶，你这张嘴！"

"骂醒你，早该有人骂醒你，太嚣张。"

我坐下来，"好好，我去做，我去做。"

"我早该知道，你做那么两三个星期，又该休息了，早上七点你起得了床？"

"你何必逼人太甚，唐晶。但凡你能做的，我也会做，"我愤慨地拍案而起，"又不需要天才，你只不过早入行几年，不必气焰太甚。"

唐晶说："好，这话是你自己说的。"

我喃喃道："四月一日上工，愚人节。"

"我经过时装店，替你取了那两条裤子。"唐晶忽然说，"我决定拿来穿，你省一点吧。"

"何必这么体贴？"我辛酸地说道。

"我应该怎么办？"唐晶摊摊手，"鬼叫我七岁那年认识你——上海妹不会说粤语，没人肯同我做朋友，打那个时候我便教你'士担'便是邮票，'白鞋'是运动胶鞋，我们一起跳橡皮筋，捉迷藏，到后山去找酸味草，你忘了？"

我怔怔地用手托住头。真的，我们还游荔园，逛工展会，买前座票看卡通片。

后来进中学，我俩双双到瑞兴公司买迷你裙，法国皮鞋，做梦也希望能赴日本一游，电影明星迷亚伦·狄龙[1]。

我与唐晶并没有念贵族学校，我们两家的家境非常普通，众孩子挤在一堆，不外是有口饭吃。是以我后来嫁史涓生，不少女同学都表示诧异。到底是西医呢，真高攀他。

我们像姐妹般长大。那时子群比我小一截，拖着鼻涕的小孩，我不屑与她交谈，感情反而很差。

考上大学，开心得我俩晕得一阵阵，这个时候，唐晶开始沉淀下来，而我认识涓生，无心向学。

"——在想什么？"

我柔声说："唐晶，这些年来，你也吃足了苦头吧。"

"柬埔寨还有活人呢，我锦衣美食，岂肯言苦？"

一直还那么滑稽，真了不起。

我终于开始那职业妇女生活。

安排妥当，星期一、三、五一定回去看平儿，周末等他们来探访我。

四月一日，我居然能够准时起床，因为一夜失眠，百感交集。

搭船过海去上班，渡轮上男女大部分睡眼惺忪，面孔苍白，都低头阅报。也有化妆鲜明的女人，紫色的胭脂在清晨的光线中尤其悲怆，打扮好了应出席大宴会大场合，不应挤

---

[1] 即阿兰·德龙（Alain Delon）。法国著名影星。

在公共交通工具上，再鲜艳的花也糟蹋了。

也有当众抓痒、挖鼻孔、擤鼻涕、剪指甲的人，我低下头，不敢看下去。

嫁史涓生太久，与现实脱节，根本没有机会与社会上其他人接触，如今走出来，成为他们中一分子，我倒可以习惯，只不知道他们会不会接受我。

我的老板是布朗先生，英国人。伊的英语带着乡下口音。他块头大，而且近四十岁，已开始发胖，一套三件头深蓝色西装紧紧绷在身上，是七八年前缝的，已经小了三个号码，但他仍然希望可以再穿三年，背心包着胃，裤腰包着肚腩，袖子已磨得起镜面。

我进他房报到的时候他正在除外套。他转过身来欢迎我，伸手与我握的时候，我注意到他衬衫腋下一块黄色的汗渍，不知有多少天没洗了。

我忽然想到涓生的浪凡 [1] 凯丝咪 [2] 西装与乳白威也拉 [3] 衬衫。

我从没见过这么寒酸的男人，一刹那呆怔怔的。

他为我介绍同事完毕，交给我一篇中文，指一指角落的一张小写字台，叫我过去坐着翻译。

一个后生模样的孩子把纸与笔放在我桌上。

---

[1] 即 Lanvin。是法国历史最悠久的高级时装品牌。

[2] 也叫开司米，即 Cashmere，山羊绒。

[3] 即 Viyella，一种羊毛与棉混纺的衬衫面料，诞生于美国。

其他的同事低着头默默地抄写、工作，也没与我说话。

我坐下来。

生命中仿佛失去十三年，我在做二十一岁时放下的工作。

我努力逼退心中的凄酸。

午饭时分大家凑钱买盒饭，我也付出一份。有同事递一只纸杯子给我，我倒了茶，喝一口，觉得只有茶的颜色，没有茶的味道，一阵涩味，这叫作茶？我默不作声。

一个胖胖的男同事自我介绍："我叫陈总达。"

"我叫子君。"我与他握手。

陈总达似乎格外地和蔼可亲，"欢迎加入我们部门，慢慢你就惯了。"

一个女孩子说："陈先生又不是我们的行列，他是电脑部主管。"

布朗也是主管，那么陈也是老板级，上司还这么寒酸，咱们这些伙计更加无地位可言。

饭盒子送来，大家围在一起吃。

我略略吃几口，想到家中阿萍煮的三菜一汤，老被我嫌——"阿萍，又是鸡汤？弟弟不爱喝鸡汤。""阿萍，先生最恨药芹，你跟官不知官姓啥！"

想到自己的嚣张，我忍不住微笑。

同事看样子都很斯文，当然，一两日间难以清楚底蕴。

工作乏味而繁忙，一星期后我略有眉目。布朗叫人做事如舞女做旗袍，非改不可，他自己挥舞红笔，将下属大作改得面目全非，等于重新写过，但是他自己又不肯动笔，如果由他一手写就，未免太寂寞，改人文章，自己存着一股威风。

可怜的小男人。

每天下班，我如打完仗一般，出生入死，各色人等都要放软声音服侍，实在是很劳累的一件事。

露丝职位虽比我更低，气焰比我高涨，一把尖喉咙，因是熟手，趁着告诉我女厕在什么地方，后生叫什么名字的时候，呱呱，唯恐天下不知新同事的无能。

我因为过度震惊，故此毫无反应，任人鱼肉，凡是谁不高兴的琐碎功夫，都往我头上推。

我无所谓，我还争什么呢？要争我不会跟辜玲玲争？

那个胖胖的陈总达特别和蔼，看出我是生手，事事指点我。

光是翻译也很噜苏，许多专门名词要到各部门查询，一等便一个上午，下午通常出去开会，做跟班查货看货，有时六点也走不掉。

下班仍可去看平儿与安儿。

安儿为出国的事忙，我讶异，才十二岁多一点的女孩子，一切井井有条。

涓生陪安儿去加拿大领事馆办妥手续，在温哥华选中了一个寄宿中学。

安儿告诉我："波姬·小丝[1]走红的时候，也不过只有十二岁。"

---

[1] 美国女演员。

但是我们家有一只旧闹钟已经十五年了，是我念初中时用的，十二岁的小女孩怎么可以独立呢？

箭在弦上，不得不发。

为了送安儿到飞机场，我告一个上午的假。

安儿没有带太多的行李，她说父亲给她许多现款，她不愁没有衣服穿。

她太懂事，我反而觉得凄凉，鼻子又酸又涩，声音浊在喉咙中。

如果她已经十七八岁，我会心安理得，可她到底还小，我终于用手帕掩上面孔。

安儿答应暑假回来看我。

涓生在飞机场见到我，迟疑一下，走上前来与我说话。

"如何？生活还习惯吗？"他问道。

我不知道应该如何回答，想了很久，我中肯地说："刚开始，还不知道。"

"听说你找到一份工作？"

"是的。"

"记住，别人做得来的事，你也做得来。"

我说："唐晶也这么说。"

他仿佛尚有话要说，我却转身离开，他也没有叫住我。

回到公司，同事们已吃过午饭，我吃一个苹果充饥。

陈总达走过来说："当心胃痛。"

我抬起头，牵一牵嘴角，算是打招呼，不言语。

"咦，你哭过了？"他毫不忌讳地表示关心。

我还是不出声。

他把脸促近来，陈总达并不是美男子，我连忙退开一步，还是与男同事维持一点距离的好。

事实上他的外形很可笑，有点头大身小，一张脸上布着幼时长青春痘留下的瘢痕，架一副老式玳瑁边的眼镜。

陈总达外形非常老实，也非常勤力，自中学毕业，近二十年间便在这所大机构里做，升得不比别人快，但总算顺利，所以他也有一股自信。

他对我的关心我不是不感激，但是我不认为他可以帮我。

"哭了？"陈总达锲而不舍地追究下去。

我奇怪，平日他也是一个很懂得礼貌的人，不应问这么多的问题。

我只点点头。

"不要为泼泻的牛奶而哭。"他说。

忽然之间运用一句似是而非的成语，我只好笑了。

他说："不好的男人随他去，你自己坚强起来才是正经事。"

我怔住，随即吃惊。我看错陈总达了，老实的表皮下原来是一个精密的、喜欢刺听旁人秘密的探子。我来这里才一个月，他怎么知道我的事？从刚才的两句话听来，他对我的过去仿佛再详尽没有。

我有点失措，随即继续保持沉默。

说话太多是我的毛病，总得把这个吃亏的缺点改过来才是。

他肥脸上充满诚意，轻轻说："离婚在这年头也是很普通的事，不必挂在心头。"

我非常好奇，想问："你到底还知道多少？"

送别安儿的悲怆一下子减半。

"你不要误会，同事之间应该互相关怀。你的家事一下子就传开了，大机构里传言与谣言最多，每个工作人员的嘴巴都喳喳喳不停，"他微笑，"但我分得出什么是真，什么是假。"

"是吗？"我温和地敷衍他，"好本事。"

那个下午布朗先生把我写的报告全数扔出来，评语是："不合格式。"我莫名其妙，正在这个时候，薪水单发出来了，我看一看纸上打的数目：四三二零。不知怎的，手发起抖来。

这不是血汗钱是什么？这跟祥子拉洋车所得来的报酬有什么分别？我万念俱灰，不禁伏在办公桌上。

同事见我如此难过，也不问什么情由，只装看不见。人与人之间的冷漠毕现，今天总算叫我看到，也不觉有什么伤心，路是一定要走下去的，悲愁又有什么用？

我把报告的格式先查看一次，然后依足了条文，原封不动地抄了给布朗。

女秘书提醒我，"他不喜欢人告假，这次是给你下马威，你要当心。"这样的警告已算难能可贵。

我默然。

从一个西医的夫人贬为小职员，不是人人有这样的机会，我神经质地笑。

下班时分，陈总达跟我说："要不要去喝一杯东西，松弛一下神经？"

我也听闻过，放工后可以到一些酒吧去享受一下所谓"欢乐时光"。那时的酒特别便宜，气氛特别好，是打工仔的好去处。不知怎的，我有种乐得去见识见识的感觉，于是点点头。

陈总达有种形容不出的欢喜，他对我很好，我看得出来，希望他不是时下那种急色儿。他是那种循规蹈矩的小人物，闲时略为东家长西家短是有的，真要他做些什么惊天动地的事，除非喂他吃豹子胆。

对这样的中性人物，我是放心的——我有什么不放心？我已是两子之母，离婚妇人。

人们对我怎么想呢？

我唯一知道的混合酒是"蚱蜢"，那时湉生喜其颜色悦目，时常调来吃。

陈总达的开场白很奇特，他说："发了薪水了。"

我居然很有共鸣，"是，发了薪水。"

"你自己一个人花吧？"他试探问。

"是。"我点点头。

"这就是做女人的好处。"他说。我呷一口酒，洗耳恭听他的下文。

"我那份薪水一家开销呢。"他感叹。

"呵，多少个孩子？太太没有做事？"

"两个孩子，一男一女，正在念小学，太太即使出去做，也不过赚千儿几百，干脆在家充老妈子算了。"

我点点头，"现在一万元的月薪也不是那么好花的了。"

他像是遇到知己，"可不是，你以前的先生是干哪一行的？"

我很辛酸，答道："做些小生意。"

他狐疑，"他们说是西医。"

明知故问，我也变得会耍花招了，我问："你信他们还是信我？"

"可是传得好厉害啊，说跟女明星辜玲玲走的，便是你的前夫。"

我的酒意涌上来，便说："辜玲玲？没听说过。"

这时候有人在我背后拍一记，"子君，你怎么在这里？"

我转头，"唐晶。"

连忙拉着她的手。

"来，我送你回去，你喝得差不多了。"她不由分说拉起我。

我说："我才喝了两口，刚坐下。"

她也不跟我多说，替我抓起手袋，立刻走。

我只好向陈总达挥手示意。

在车子里我对唐晶说："我没有醉。"

"我知道你没有醉。"

我看她。初春，她一身猄皮衣裙，明艳的化妆打扮，厌世的神情，益发衬托得我十分猥琐，我低下头来。

"我不想你跟那种人对坐喝酒，不出一小时，人家就视你为他的同类。"唐晶教训我。

我也觉得无话可说，不知怎么交代才好。

"一眼看就知道娶了老婆二十年后嫌她闷的小男人小职

员。子君，你再离十次婚，也不必同这种人来往。"

我不响。

"寂寞？"唐晶问。

我点点头。

"他们也未必能帮你解决问题。"唐晶说。

我说："今日发了薪水。"借故岔开话题。

"太好了，有什么感受？"

"作孽，"我叹口气，"真是血汗钱。唐晶，我不想做下去了。"

"你奶奶的，你再跟我说这种话，我剥你的皮，"她恼怒万分，"现在只有这份工作才可以救你，你看不出来吗？"

我叹口气，"我说说而已，不敢不做。"

"你如果寂寞，我介绍你看《红楼梦》。"

"闷死人呢。"

"你才闷死人。"她气道。

唐晶将车开到她的家去，我们一起踢了鞋子喝酒，她将两本深蓝色的线装破烂的书交到我手中，我提不起劲来看，略翻一下，看到两行警句："……一事无成，半生潦倒。"有点意思。

"咦，"我说，"这不是我吗？"

"你？你才想，是我才真，"唐晶说，"一事无成，半生潦倒。"

"潦倒也有人争？"我白她一眼。

顺手拾起一本杂志，看看封面，"……张敏仪是谁？"

"一个很能干的女子。"

我问："她能干还是你能干？"

"我？我跟人家提鞋也不配。"

"你认识她吗？"

"点头之交。"

我将手中的一杯酒一干而尽，"她快乐吗？"

"我没敢问。"唐晶说。

"见高拜，见低踩，"我哼一声，"见到我什么话都骂，见到人家问也不敢问。"

"你醉了。"

"醉了又如何？"我倒在她家地毯上。

朦胧间听见她说："不怎么样，明天还得爬起来上班。"

五

在外头讨生活，人的心肠会一日硬似一日，

人怎么对我，我怎么对人。

第二天早上两个大肿眼泡。

上班去了。

陈总达一见我便迎出来，我有点歉意。

他很温和地问："你的朋友是不是叫唐晶？"

"你认识她？"我讶异。

"鼎鼎大名的女强人。"陈微笑。

"她最不喜欢别人叫她女强人。"我微笑，"而且她不是女强人。"

陈总达艳羡地问："她是你的好朋友吗？"

我既好气又好笑，没想到有人羡慕我认识唐晶，这真是个名气世界，而唐晶又如此向往张敏仪，忽然之间，我感慨得很。

闭门在家里坐着，怎么会知道社会上有这种现象。

还未与陈总达细说，就有电话找我，这么早，是谁呢？

电话传来惊心动魄的消息。

"姐？我是子群。"那边的声音沙哑可怕，完全不像子群，

"我在家附近的派出所，快来保释我。"

"你在派出所？"我发呆，"怎么回事？"

"你来了再说。快来。"她挂上电话。

我没有胆子跟布朗请假，只通知女秘书家有要事要出去两个钟头。

赶到派出所，一看就明白了。

子群披头散发地坐在那里，脸上一块青一块紫，显然是挨过打。她对面坐着个洋人，大块头，粉红色的脸，蓝色的眼睛，一身金毛，面孔上都是指甲痕，同样的伤痕累累。

女警们在轻轻讪笑。

我只觉得羞辱。

跟洋人闹成这样，值得吗？我浩叹。

被人占了便宜，下次要学乖，闹得天下皆知，以后挂着个蠢鸡招牌，走也不要走。

真没想到子群会沦落到这种地步。

我并没有言语，这不是教训人的场合与时间，我替她办手续保释，忍不住质问警察："为什么你们不控告洋人？"

警察笑道："是令妹要纵火与洋人同归于尽，洋人报的警，我们破门而入。现在控告令妹几项罪名，你们请好律师，准备上堂吧。"

真气得我几乎昏厥过去。子群也太伟大了，我还未曾打算与史涓生同归于尽，伊与外瘪三倒要效同命鸳鸯，我服了伊。

她还在抽抽搭搭地哭泣呢，我心中除了厌恶，什么感觉也没有，办妥手续，我带她出派出所。

"姐……"她淌眼抹泪地拉住我,还想诉说些什么。

我撇开她的手,冷冷地说:"我不想听,咱们受洋人的气,打八国联军时开始,你似乎不必再做殉道者。"

"他骗我,姐,他骗我——"

"他骗你什么?"我抢白,"愿赌服输,这话是你用来教训我的。香港的洋人,拿把扫把随便在哪间银行门缝子里扫一扫,扫出几千个,个个一模一样的德行,你还跟他们打打杀杀地动真情?吧女还比你高几等,混不来就不要混,祖宗的脸都叫你丢尽,现在还要对簿公堂,判你坐三个月的牢,你以后就不要在香港活了。"

子群闻言怵然而惊,一副又急又悔的表情,哭个不停。

"你回家吧,找个相熟的好律师,我要去上班。"

"姐,你不要离开我!"平常的泼辣一去无踪。

"我现在不比以前,现在我的时间卖给公家,"我叹口气,"我不想与老板过不去。"

我残忍地离她而去。

在外头讨生活,人的心肠会一日硬似一日,人怎么对我,我怎么对人。

回到公司,布朗立刻差女秘书传我入室。

我不待他开口,立刻致歉,推心置腹,将刚才发生的大事说一遍,为求保护自己,出卖子群,声声埋怨她连累我浪费时间,以致引起我老板的不满。

这一顿嘴巴自打自,打得这么响亮,布朗顿时作不得声,凡人都一颗肉心,在这一刹那他暂时有点感动,我又过了一关。

"子君，希望以后你家不要再发生这种事，但是你的稿件……"

我立刻接过那红笔批得密密麻麻的原稿，"我马上改写，马上！"

他满意了，我出房时替他掩上门。

耸耸肩，才一个多月，我学得多么快，这种演技又不需要天才方学得会，为生活受点委屈是很应该的，我嘲弄地想：可惜以前不懂得这个道理。

出得大堂我顺手把稿子扔给女秘书。

子群当夜服食过量的白兰地与安眠药企图自杀。我到的时候她口吐白沫，辗转呻吟，面孔转为青色，嘴唇爆裂，眼睛凹陷，像只骷髅，我吓得要命，忽然进入脑中的是"史涓生"三个字。

于是打电话向他讨救兵。

涓生很合作，立刻赶到，将子群送到私家医院洗胃，我累得浑身酸疼，嘴里还讨好地说："不好意思，人家会想，你前妻家人怎地多事。"

涓生蓦然抬起头来，"你——"他哽咽道，"子君，你几时变得这么客气懂事了？"

我怔怔地看他。

"你以前不是这样的。"涓生说道。

以前？我侧着头想很久，我以前是什么样子的？

连我自己都忘记了。

过一刻，他似乎恢复常态，问我："子群为什么闹这么大件事？"

"为了一头金毛兽，"我苦笑，"这里还有一封遗书呢，说被洋人骗去十万元节储，如今洋人抛弃她，与一菲律宾女佣走，说起来真丢脸，两个人打架打到派出所里去，现在她要吃官司，想不开也是有的。"

涓生问："怎么会这样？子群也算是个见过世面的女人。"

我叹口气。

涓生抬头瞪视着我，"子君，为什么我们从前未曾这么有商有量过？"

从前？我茫然地想：我已忘记从前，我只知道，明日九点整如我不坐在写字台前，布朗会发出血滴子杀我。

"弟弟长高很多，"我听见自己说，"这小子已经不是哭宝贝了。当年我非想生个儿子不可，为的莫非想知道你幼时的模样与生活形态，弟弟永远傻乎乎，证明父系遗传强健，双耳大而且软，唉——"我停止，因为我看到涓生的双眼淌出泪来。

我立刻转过头，装作若无其事地说："涓生，我们该回家了，子群已经没有危险，让她在医院里躺几日。"

我忐忑不安，认识涓生这么久，第一次看见他哭。

第二天我准时上班，第一次身受睡眠不足之苦，双眼浑浑噩噩地要合拢来，心志恍恍惚惚，不能集中，别人说什么，听不清楚，一支笔在纸上画不成句，哈欠频频，活脱脱似个道友婆。以前只知道晚上睡不足，早上中午补足，根本不晓得有这般苦处，一怒之下，五点半下班，到了公寓，喝杯牛奶就睡，也不去探望子群。

唐晶却拼命来按我家的门铃。

我千辛万苦地起床去给唐晶开门。她松一口气，"我以为你步令妹后尘了。"

我说："要我死？太难了，"我嘴巴不忘刻薄，"我先扼死布朗先生才舍得死。"

唐晶说："刚才我见过涓生，他约我一起去见那只鬼，叫他撤销控诉，并且追问他把子群的钱弄到什么地方去了。"

我陡然清醒起来，"鬼怎么说？"

"鬼也怕了，答应不控告令妹蓄意伤害他人身体及纵火，但钱恐怕就泡了汤了。"

"子群活该。"

"子君，"唐晶不以为然，"你何其缺乏同情心。"

"你又为何同情心突发？物伤其类？"

"呸！"唐晶说。

隔一会儿我说："这件事没男人出头还真不行，涓生倒是仗义行侠。"

"你不恨他？"

"谁？涓生？"我说，"我干吗要恨他？"心中确然无恨，只有丝丝麻木，"明天还要上班，你替我谢他一声，还有，你真是老好人，唐晶。"

唐晶说："子君——"很迟疑。

我暗暗奇怪，唐晶也有吞吐的时候？不能置信。

小客厅中光线不好，将她脸上那秀丽的轮廓掩映得十分动人。

"子君。"她又叫我一声。

"我在这里。"我说。

她搓着双手，过很久，她说："我走了。"

雷声大雨点小，她分明有什么话藏在心头不愿说，随她去，活该。

子群在医院躺足一个星期。

我并不是绝情的人，这事左右还得瞒着两老，否则母亲一想到两个不争气的女儿，恐怕马上要中风。

我同子群说："钱财身外物，名誉得以保存，已属万幸。"

她点点头。

我说："你瘦了二十磅[1]还不止，不是说节食难吗？现在可大功告成了。"

子群不出声，默默地收拾衣物出院。

"史涓生已将医生证明书递到你公司，告假不成问题，你若要转另外一份工作呢，也随得你。"

她想很久，"做生不如做熟。"她说。

"更好，这次史涓生帮你这么大的忙，你去谢他一声。"

"还不是看你的面子。"她幽幽地说。

我一呆，"我的面子？笑话，我与他之间，还有什么情面？"不肯再说下去。

---

[1] 重量单位，一磅约为 0.45 公斤。

隔一会儿，子群问我："你的生活好吗？"

我忽然之间烦躁起来，"咱们各人自扫，你不用管我。"

她不再驳嘴，我又内疚起来，帮她提起行李包，送她回家。

我替她煮下一锅牛肉粥，又开了无线电。

房东原是要赶她走的，被我做好做歹地大加恳求，老太太撤销原意。

临走前我同她说："好好地找个男朋友，人才再不出众，只要他对你好，一夫一妻，也图个正经。要不做独身女也可以，你看唐晶，她处理得多好，她也有男朋友呀，但人家含蓄。"

子群苍白的脸闪过悔意，我停止言语。

过一会儿我嘲弄地说："我凭什么训你？我自己一团糟。"

"不不，"子群忽然拥抱我，"我很感激，除了亲生姐姐，别人再也不会对我这么好。"

我被她突然而来的热情弄得好不尴尬，我与她从来未曾亲近过，但我只犹豫一刹那，便把她紧紧揽住，血浓于水，亲情不需学习锻炼，一切发自内心。

以前有的是时间，为什么从来没有与子群好好地互相了解？要到如今才发觉亲情重要？险些错过。

每星期我都给安儿写一封很长的信，告诉她，有时间去探访她。忽然之间我对自己的前途充满信心，虽然途中有布朗这样的浑球式荆棘，但我必不致缺乏，我可以把一切恨意都发泄在他身上。憎恨老板是社会所认可的行为。

日子久了，同事之间多多少少有点感情，不知基于什么原因，我尤其与陈总达谈得来。

他有双好耳朵，我时常令他双肩滴满耳油，无论什么芝麻绿豆的琐碎事，都向他诉说一番，老陈永远替我分析详尽。

他是老差骨，但凡工作上的疑难杂症，一到老陈手上，莫不迎刃而解，人人给他三分面子，无形中我也得到他的照顾。

不是不值得嗟叹的，如今这样的小人物竟成为我的庇护神。人生的阶段便是环境的转变，此一时也，彼一时也。

唐晶不喜欢老陈，她主观性非常强，伊很看不起他。

唐晶的生命中不允许有平凡人的存在。她自己这么强，看到略为弱的人便深恶痛绝，我明白她的处境。

唐晶冷笑说："你看着好了，他迟早会告诉你，他的老婆不了解他。"

我大笑，"唐晶，你言之过实，这种话恐怕已经不流行了。"

"你会诧异这年头尚有多少老土！"唐晶说。

史涓生依然每月寄支票给我，我生平第一次开始记账，元角分都清清楚楚列开。盒饭已经吃惯，晚上做个即食面充饥，因恐营养不良，忙吞维他命丸子。

平儿与他祖父母已建立非常亲密的关系，这孩子只要身边有个一心一意钟爱他的人伺候他，倒是不挑剔，母亲走掉有更细心的祖母，他不介意。

渐渐地我认为这个小孩辜负我，爱心转移到安儿身上，连母爱都会转移偏私，我尚有什么话可说？

老太太对我仍然是公道的，但是可以看得出她对儿子的新欢已产生新的兴趣。那辜玲玲恁地好心思，仍然不断进贡炖品礼物，甚至为老太太编织毛衣，老太太满意地对我说："在拍片休息时帮我做的。"

萍姐有点讪讪地告诉我："过年封的大礼，是五百元。"

人心这么易被收买。

迟早她能取我的地位而代之，我怅惘地想：这是辜玲玲应得的，她付出了代价。

我是否应该恨她呢？我拿不定主意。

六

我们失去一些，也会得到一些，上帝是公平的。

现在我也有约会，二十多岁的大孩子，大学刚毕业，想在成熟女人身上寻找经验以及安慰……我都一一推却，我还是伤兵。

唐晶说："你适应得很好，现在连我都开始佩服你。"

我令憎我的人失望了，因为活得这么好。

但一颗心是不一样的了，我的兴趣有明确的转变，阅读及美术成为新嗜好。我对《红楼梦》这本书着迷，连唐晶都赞我"有慧根"，这是一本失意落魄人读的小说，与我一拍即合，我将它读了又读，每次都找到新意。最近又参加某大学校外课程陶瓷班，导师是法国回来的小伙子，蓄小胡髭，问我："为什么参加本班，是因为流行吗？"我答："是因为命运对人，如双手对陶泥，塑成什么就是什么，不容抗拒。"小胡髭立刻感动，我成为他的得意门生。我的作品仿毕加索，形态胖胖的、快乐的。

一刹那认识那么多新事物，使我这个闭塞半生的小妇人手足无措，悲喜难分。

唐晶诧异地说:"最难得的是你并没有万念俱灰的感觉,我原以为你会挖个洞,把头埋进去,日日悲秋。"

我啐她。

生日那天,她给我送来三十四枝玫瑰花。

我不知把花放在何处,难得的是布朗也露出笑容,我安乐了,现在丁是丁,卯是卯,一切按部就班,我仍然活着,连体重都不比以前下降。

子群在她工作的酒店给我订只精致的蛋糕,我立刻与同事分享。以前她一点表示也无,今年不同往年。

收到女儿的贺电时,我双眼发红,十二岁的孩子身在异国,还记得母亲的生日,谁说养儿育女得不到报酬?

我们失去一些,也会得到一些,上帝是公平的。

史涓生在下午打电话给我,祝我幸运。

我迟钝地、好脾气地接受他的祝福。我尚未试过史涓生不在场的生辰,但不知怎的,今年过得特别热闹。

涓生说:"我同你吃晚饭吧。"

"不,"我心平气和地说,"我早有约。"

不食嗟来之食。

他似乎很震惊。"那么……"他迟疑一下,"我差人送礼物给你。"

还有礼物?真是意外,我原以为他已经把我忘得一干二净,也许他确是一个长情的人,子群说得对,他是一个好男人,与他十三年夫妻,是我的荣幸。后来他诚然移情别恋,但他仍不失好男人资格。

愿意陪我吃晚饭的有两位先生：艺术家张允信先生与老实人陈总达先生。我取老实人，艺术家惨遭淘汰。

活到三十四岁，作为超级茶渣，倘能挑选晚上的约会，我自己都觉得受宠若惊。

老陈特地亲自订的一家小菜馆，虽然情调太廉价，虽然肉太老酒太酸，冰激凌取出来的时候已经融掉一半，我仍然津津有味地品尝。

这像高中时期男孩子带我出来吃饭的光景：钱不够，以温情搭够。

嫁涓生后尝遍珍馐百味。穿着露前露后的长裙子到处参加盛宴，吃得舌头都麻木，如今抛却了那一边的荣华富贵，坐到小地方来，平平静静的，倒别有一番风味。

老陈的品位这么坏，对于享乐一窍不通，渐渐他的出身便露将出来：喝汤时嗒嗒响，握刀叉的姿势全然不对，餐巾塞进腰头去，真可怜，像三毛头次吃西餐模样。

小时候我是个美丽的女孩，等闲的男人不易得到我的约会，但现在不同，现在我比较懂得欣赏非我族类的人物。不能说老陈老土是老陈的错，我的器量是放宽了。

晚餐结束，老陈问我："再来一杯红酒如何？"

我笑，"吃完饭哪儿还有人喝红酒，"我说，"要杯咖啡吧。"

"对，应该喝白兰地。"老陈懊恼地说。

"我喝咖啡得了。"我说。

他似乎有点酒意，面孔涨得很红，开始对我诉说他十余年来的小职员生涯。

——他们的故事都是一样的。

我自己现在也是小职员,他们的一分子。

老陈诉说他历年来如何比别人吃苦,更辛勤工作,但机缘并不见得恩宠他——那简直是一定的,人人都觉得生活亏欠他,现在我明白了,我们不快乐是因为我们不知足,我们太贪心。

我心不在焉地聆听着,一边将咖啡杯旋来旋去,这是我头一次听男人诉苦,史涓生下班后永不再提及诊所的事,变心是他的权利,他仍是个上等的男人。

对于老陈的啰苏,我打个呵欠。

他忽然说:"……子君,只有你会明白我。"他很激动,"我妻子一点都不了解我。"

我睁大眼睛,几只瞌睡虫给赶跑了,"什么?"

他老婆不了解他?

"我妻子虽然很尽责,但是她有很多事情是不明白的。我一见到你,子君,我就知道我们有共同之处,"他紧紧地握住我的手,"子君,你认为我有希望吗?"

不知道为什么,对于他的失态,我并没有恼怒,也没有责怪的成分。我忽然想起唐晶警告过我,这种事迟早要发生的,我只觉得可笑,于是顺意而为,仰起头轰然地笑出来。餐馆中的客人与侍役转过头来看我们。

我太诧异了,这老陈原来也有野心的呢,他不见得肯回家与老婆离婚来娶我,他也知我并不是煮饭的材料。这样说来,他敢情是一厢情愿,要我做他的情妇!齐人有一妻一妾!

我更加吃惊,多么大的想头,连史涓生堂堂的西医也不过是一个换一个,老陈竟想一箭双雕?我叹为观止了,你永远不知道他的小脑袋里装的是什么,以前的关怀体贴原来全数应在今日的不良企图中。

但我仍然没有生气。

老陈太聪明,他一定想:这个女人,如今沦落在我身边,能够捞便宜的话,何妨伸手。

我益发笑得前仰后合,我醉了。

老陈急问:"子君,你听明白没有?你怎么了?"

我温和地说:"我醉了,我要回家。"

我自顾自取过手袋,摇摇晃晃地站起来,一个箭步冲出小餐馆,截到部街车,回家去。

我吐了很久,整个胃反过来。

第二天公众假期,我去探望唐晶。

她在听白光的时代曲,那首著名的《如果没有你》。

"如果没有你/日子怎么过/我的心也碎/我的事也不能做……我不管天多么高/更不管地多么厚/只要有你伴着我/我的命就为你而活——"

"这个'你'是谁呀?"我嘲弄地问。

"这么伟大?我可不相信。"我说。

"你最好相信,'你'是我的月薪。"唐晶笑。

我想了想，"扑哧"一声笑出来。

唐晶看我一眼，"你反而比以前爱笑。"

我说："我不能哭呀。"

"现在你也知道这苦了，连哭笑都不能如意。"

我躺在她家的沙发上，"昨天那陈总达向我示爱。"

唐晶先一怔，然后笑骂："自作孽，不可活。"

我问："大概每个办公室内都有这么一个小男人吧？"

唐晶慨叹："那简直是一定的，每个机构里都有老婆不了解他的可怜虫，侍奉老板的马屁精，欺善怕恶的上司，抛媚眼的女秘书……哪里都一样。"

我凄凉地笑，半晌说不出话来。

以前我的世界是明澄的。

唐晶改变话题："自那件事后，令妹是改过自新了。"

"是吗？她一直没来找我。"我有一丝安慰。

唐晶说："我并不是圣处女，但一向不赞成男女在肉欲上放肆。"这是二十多年来她头一次与我谈到性的问题。

我有点不好意思。

"子群现在与一个老洋人来往——"

我厌恶地说："还是外国人，换汤不换药。"

"前世的事，"唐晶幽默，"许子群前世再前世是常胜军，专杀长毛，应到今生今世偿还。"

我板下脸，"一点也不好笑。"

"你听我把话说完。那老洋人是学堂里教历史的，人品不错，在此也生根落地，不打算还乡，前妻死了有些年，于是存心续弦。"

"子群肯嫁他做填房？"我问，"将来老头的养老金够花？"

"那你就要去问子群本人，她最近很想结婚似的。"

我与唐晶联同把子群约出来。

她见到我很欢喜，说到婚事，子群将头低下，"……他还有十年八年退休，以后的事也顾不得。宿舍有两千多呎大，环境极佳。你别说，嫁老头有嫁老头的好处，一不怕他变心，二可免生育之苦。教书是一份非常优美但是没甚前途的工作，如钱不够用，我自己能赚。"

我颔首。

她自己都能想通了，也好吧。

"事情有眉目的话，大家吃顿饭。"我终于说。

那一天以后，陈总达的妻子开始每日来接他下班，走过我桌子旁总是铁青着脸，狠狠地瞪我一眼，一副"你以为我不知道你想偷我老公？"的样子。

我不知道是好气还是好笑，最后还是决定笑了。

老陈像是泄气球，日日一到五点便跟在老婆身后回家。

老陈妻子长得和老陈一模一样，夫妻相，只不过老陈的脸是一只胖橘子，而他的妻子一张脸孔似干瘦橙。好好的一对儿，我也不明白她怎么忽然就不再了解她丈夫，许是因为去年老陈加了五百元薪水的缘故吧，钱是会作怪的。

这女人走过我身边的时候，隐隐可闻到一阵油腻气，那种长年累月泡在厨房中煮三顿饭的结局，跳到黄河也洗不清。

谁说我不是个幸运的女人？即使被丈夫离弃，也还能找到自己的生活，胜过跟老陈这种男人一辈子，落得不了解他的下场。

不久陈总达便遭调职，恐怕是他自己要求的。

他走的那日，中午我们一大伙人订好午餐欢送他。

连布朗这狐狸都很安慰地对我说："老陈总算走了。"

我微笑。

他也微笑。

由此可知每个人都知道这件事的来龙去脉。

心境平静下来之后，寂寞更加噬人而来。

为了排解太多的时间，我乱七八糟地学这个学那个，书法、剪纸、木偶、插花、法文、德文，班上都挤满寂寞的人，结果都认识同班的异性，到别处发展去了，班上人丁单薄，我更加寂寥，索性返回张允信那里攻陶瓷。

现代陶瓷重设计不重技巧，张氏对设计优劣的评语极有趣："看上去舒服，便是一流设计，看上去不适意，九流设计。"

他把赚回来的钞票下重本买工具及器材，住在沙田一间古老大屋，拥有一具小小的电"窑"，每次可烧十件制成品。

最有趣的是张允信这个人，他有点同性恋趋向，因此女人与他在一起特别安全，一丝戒心也不必有，光明磊落。

这又是无数第一次中的第一次：以前见也没见过这一类人，只认为他们是畸形。以前的我是多么孤陋寡闻。

张允信这小胡髭不但英俊高大，有天才有学问，为人更非常理智温和，他品位高，懂得生活情趣，观察力强，感情细致，来往的朋友都是艺术家：专攻摄影、画画、服装设计、写作，坐在一起，啤酒花生，其乐融融。大家常走去吃日本菜或韩国菜，大快朵颐，毫无心机，有时我也跟着他们去听音乐、看电影，在这类场合中往往见到城内许多有名气的人。

张允信老称呼我为"徒弟"，一次在大会堂楼头，他忽然说："徒弟，我同你介绍，这位是张敏仪。"

我霍地站起来。我所崇拜的唐晶所崇拜的张敏仪！我一阵眩晕，高山仰止般张大着嘴，说不出话来。

老张顿时笑着解围，"我这徒弟是土包子，没见过世面，你多多原谅。"

我以为这张某小姐总得似模似样，一个女金刚款，谁知她比我还矮一两寸，身材纤细，五官精致，皮肤白腻，大眼睛，高鼻子——这就是她？我瞠目。脚上还穿着三寸半高跟鞋呢，如何冲锋陷敌？

只听得她同朋友说："唉，每天早上起来，我都万念俱灰……"

我马上傻笑起来，兴奋莫名，原来不只我这个小女人有这种念头。

老张轻轻问我："你怎么了，子君？"

我坦言说："一下子看到这么多名人，太刺激了。"

老张笑着一转头说："咦，老徐与老徐的女人也在。"

我马上抻长脖子看，老徐长着山羊胡髭，瘦得像条藤，穿套中山装。他的女人予我一种艳光四射的感觉，吸引整个场子的目光，一身最摩登的七彩针织米觉尼[1]衣裙，大动作，谈笑风生，与她老公堪称一对璧人，我瞧得如痴似醉。

老张推我一下，"哎，徒弟，这个人你非要认识不可，非常知情识趣，聪明可爱，"他提高声音，"喂，方老盈，你躲在那边干吗？图凉快呀。"

一个女子笑盈盈地过来，"张允信，你也在。"她穿着素色缎子旗袍。

我看着她依稀相熟的脸，心血来潮，结结巴巴地说："我……我小时候看过你的《七仙女》。"

老张用手覆额，"教不严，师之惰，"他呻吟，"徒弟，你简直出不了场面，以后哪儿都不带你走。"

我使劲地傻笑。

事后抓住唐晶说个不停，叽叽呱呱，像行完年宵市场的孩子，听完大戏的老婆婆。

唐晶说："你真土。"

"可是我以前根本不知道天外有天，人上有人这回事。"我辩说。

唐晶喟叹说："以前，以前你是一只满足的井底蛙，最幸福的动物之一。"

幸福，是吗？

那温暖的窝，真是的。

---

[1] Missoni，意大利时装品牌，被公认为针织品的掌门人。

但我随即说下去："后来黄霖与林燕妮也来了，林穿着闪光钉亮片的芬蒂[1]皮大衣……"

唐晶指指耳朵，"我已经听足三十分钟，你饶了我吧。"

我耸耸肩，本来我尚可以说六十分钟，但又怕得罪唐晶。

第二天，我更欢呼。

安儿要回来度假。这是她第一次回来，我已近一年没见到安儿，不由得我不失眠。

正在犹疑，是否要与涓生联络一下，他的电话却已经过来，我有点感触，真不失是个好父亲，对子女他是尽力的。

"安儿要回来度假。"他说。

"她已经电报通知我。"我说。

"是吗？"酸溜溜的。

"如果你不介意，我想与她同住。"我先提出。

"看她自己的选择如何？"涓生答。

"也对。"我赞成。

"你最近交际繁忙呀。"涓生说，"我有一件生日礼物，到现在还没有送到你手中。"语气非常不自然。

"呵，是。"我歉意地说道。

"我们见个面，吃茶时顺便给你可好？"

"吃茶？"我笑，"涓生，你兴致怎地好，我们有十多年未曾在一起吃茶了。"

---

[1] 即芬迪（FENDI），意大利著名的奢侈品品牌，以生产高品质毛皮制品著称。

"破个例如何？"

"好，今天下班，五点半，文华酒店。"

"你还在上班？"

"啊哈，否则何以为生？"我笑道。

"我以为你做做，就不做了。"

"啐啐啐，别破坏我的名誉，下个月我们就加薪，我做得顶过瘾。"我说。

"不是说很受气？"

"不是免费的，月底可出粮，什么事都不能十全十美。"

"子君，我简直不相信你会说出这样的话来。"

"涓生，居移体，养移气。"

他长长叹息一声，"子君，下班见。"

离婚后我们第一次"正式"见面。我有机会细细打量他。

史涓生胖得太多，腰上多圈肉，何止十磅八磅。

我笑他，"这是什么？小型救生圈？当心除不下来。"

他也笑笑，取出小盒子，搁桌子上，这便是我的生日礼物了，一看就知道是首饰。

"现在看可以吗？"我欣喜地问道。

他点点头。

我拆开花纸，打开盒子，是一副耳环，祖母绿约有一克拉大小，透着蝉翼，十分名贵。我连忙戴上，"涓生，何必花这个钱？"一边转头给他看，"怎么样？还好看吧？"

他怔怔地看我，忽然脸红。

到底十多年的夫妻，离了婚再见面，那股熟悉的味道也顾不得事过情迁，就露出来，一派老夫老妻的样子。

他说："子君，你瘦了。"

"得多谢我那个洋老板，事事折磨我，害我没有一觉好睡，以前节食节不掉的脂肪，现在一下子全失踪，可谓失去毫不费功夫。"

"你现在像我当初认识你的模样。"涓生忽然说。

"哪儿有这种可能？二十年啊。"我摸摸头发，"头发都快白了。"

"瞎说，我相信尚有许多追求你的人。"

我改变话题："我日日思念安儿，说也奇怪，她在香港时我们的关系反而欠佳。"

"两个孩子现在都亲近你。"他低声说。

"你的生活尚可？诊所赚钱吧？"我说。

"对，子君，我打算替你把房子的余款付掉。"

我的心头一热，不是那笔钱，而是我对他绝无仅有的一点恨意也因为这句话消除，反而惆怅。

"你方便？"我问，"我自己可以张罗。"

他惭愧地转过头，"你一个女人，没脚蟹似的，到哪儿去张罗？"

"我再不行也已经挨过大半年。"

"不，我决定替你把房款付清，你若不爱看老板的面色，可以找小生意来做。"

我微笑，"我不会做生意。"

"你看起来年轻得多，子君。"涓生忽然说。

"什么?"我奇问,"我年轻?涓生,这一年来,我几乎没挨出痨病来。"

"不,不是容貌,我是指你整个人外形的改变,你仿佛年轻活跃了。"

我摇摇头,"我不明白,我连新衣服都没添一件,心境也不十分好,老实说,我苍老得多,我学会假笑,笑得那么逼真,简直连我自己也分不出真伪,假得完全发自内心。涓生,你想想,多么可怕,《红楼梦》里说的'假作真时真亦假',是不是就这个意思?我不但会假笑,还懂得假的呜呼噫唏,全自动化地在适当的时间做出配合的表情。涓生,我落泊得很,你怎么反说我年轻?"

涓生一边听一边笑,笑出眼泪来。

我自己也觉得十分有趣,没想到半途出家的一个人,在大染缸中混,成绩骄人,子君再也不是从前那个子君,现在的子君修炼得有点眉目矣。

涓生的眼泪却无法阻止,也不是泪泪而下,而是眼角不住润湿,他一直用一方手帕在眼角印着印着,像个老太太。

我忽然觉得他婆妈。

他在我面前数度流泪,不一定是因为同情我的遭遇,依照我的推测,许是他目前的生活有点不愉快。但凡人都会学乖,想到涓生紧逼我去签字离婚的狠劲,我心寒地与他之间划出一条沟,只是淡淡地抿着嘴,笑我那真假不分的笑。

过很久,涓生说:"我打算再婚。"

那是必然的,那女人志在再婚,否则何必经此一役。

我点点头。

"我觉得一切都很多余，离婚再婚，"涓生嘲弄地说，"换汤不换药，有几次早上起来，几乎叫错身边人为'子君'……"

我听着耳朵非常刺痛，看看表，与他约定时间去接安儿，便坚持这顿下午茶已经结束。

涓生要送我，我即时拒绝，走到街上，一马路人头涌动，人像旅鼠似的整群成堆地向码头、车站拥过去拥过去……

到码头天已经深黑，腰有点酸痛，只想小轮船快快来接载我过海，到了彼岸的家，淋淋热水浴，也似做神仙。

摇摇晃晃过甲板，争先恐后上船，一个空位上放有文件信封，我欲将它移开坐下，旁边的一个中年男人连忙说："有人。"

我坐下，对他说："公共交通工具，不得留位。"况且别的地方已没有空位。

他衣冠楚楚居然同我争，"可是我的朋友明明马上要来了，你为什么不坐别的地方？"

我顿时冒火，"我后面也跟着十多个姨妈姑爹，你肯不肯让位给他们？公共交通工具的座位，先到先得，我何尝不是付两元的船资？"

那男人犹自说："你这女人不讲理。"

"我不讲理？亏你还穿西装，"我骂，"你再出声，我叫全船的人来评理。"

烂佬还怕泼妇，他顿时不出声，其他的船客纷纷低头做事不关己状，我一屁股坐在那里不动，雄赳赳气昂昂的模样，不知道这种勇气从什么地方来，又会跑到什么地方去。

船到岸，我急急回家。

泡杯热茶，深深觉得自己真的沦落，与这种贩夫走卒有何可争？但也觉得安慰，至少我已学会如何保护自己。

脚还没伸长，门铃响。

我非常不愿意地去应门，门外站的是陈总达。

我心中一阵诧异。是他，我都忘了这个人。

我不大愿意打开铁闸，只在门后问他："老陈，有什么事？时间不早了呢。"

"可以进来喝杯茶吗？"

想到他一向待我不错，一心软就想开门，但又立刻醒觉到"请客容易送客难"，放了这么个男人进来，他往我沙发上一躺，我推他不动，又抬他不走，岂非大大的麻烦？我警惕地看着他，险些要拍胸口压惊，原来老陈双颊红通通，分明是喝过酒来，这门是无论如何开不得的。

我温和地说："老陈，改天我们吃中饭，今天你请回吧，我累得很。"

"子君，你开开门，我非常苦闷，我有话同你说。"

"你请速速离开，"我也不客气起来，"叫邻居看着成何体统！"我大力关上门。

他犹自在大力按铃，一边用凄厉的声音叫道："子君，我需要你的安慰，只有你明白我，开门呀，开门呀！"

我再度拉开门，警告他："老陈，别借酒装疯，我限你三分钟内离开此地，否则我报警。"

他呆住。

我再关上门，他就没有声音了。

醉？

我感叹地想，他才没醉，从此我们的友情一笔勾销，谈也不谈。

剥下面具，原来陈总达也不过想在离婚妇人身上捞一把便宜。

我没话可说。

安儿抵步那日，我提早一小时到飞机场等她。

可以理解的兴奋。飞机出乎意料地准时。稍后，涓生也来了。

我不太想开口说话，抬着头一心一意等安儿出来。加拿大航空公司七〇三的乘客几乎走光了，还不见安儿，我大急。

问涓生："她人呢？搭客名单上明明有史安儿这个人。"

涓生也有点失措。

正在这时，一个穿红 T 恤的妙龄少女奔过来，"妈妈？"

我转头，"安儿？"我不相信眼睛。

"果然是妈妈。妈妈，你变得太年轻，太漂亮了。"她嚷着前来吻我。

我根本没把她认出来，她高了半个头，身材丰满，一把长发梳着马尾，牛仔裤紧紧包在腿上，额角勒一条彩带，面颊似苹果般，多么甜美多么俏丽，少女的芬芳逼人而来，她完全成熟了，才十三岁哪。

我又悲又喜,"安儿,我不认得你了。"她爽朗地大笑。但安儿对她的父亲视若无睹。

她说:"妈妈,你一定要收留我在你家住,你信上一直形容新家多么好……"

我胜利地向涓生投去一眼。我与安儿紧握着手回家,涓生上来喝杯茶,见没人留他,只好离开。

他走后我们母女也故意不提他。

安儿完全像大人一般,问及我日常生活上许多细节,特别是"有没有人追你?"。

"没有,"我说,"有也看不见,一生结婚一次已经足够,好不容易杀出一条血路,我打算学习做个独立女性。"

"妈妈,现在你又开朗又活泼。"安儿说。

"是吗?"我下意识地摸摸自己的面孔。

"你年轻得多了。"安儿的声音是由衷的,"妈妈,这次见到你,我完全放心,你没有令我失望。"

我苦笑。

"妈妈,如果有机会,你不妨再恋爱结婚啊。"

"去你的。"我忽然涨红脸,"我还恋爱呢,倒是你,恋爱的时候睁大双眼把对象看清楚。"

"你难道没有异性朋友?即使不追求春天,也应该寻找归宿呀。"她谈话中心还是围绕着这个问题团团转。

"男朋友是有的,"我被逼承认,"但只是很普通的朋友。"我像女明星接受访问般答。

"有可能性的多不多?"安儿抻长脖子问。

安儿的长发厚且密，天然的波浪正像我，我摸摸她的头，好一个小美人，我心欣喜，虽然生命是一个幻觉，但孩子此刻给我的温馨是十足的。

下午我与安儿回家见平儿。

血脉中的亲情激发平儿这个木知木觉的小男孩，他傻乎乎地扭住安儿，"姐姐，姐姐"叫个不停，然后与她躲到房内去看最新的图书。

事后安儿讶异地跟我说："弟弟会读小说了。"

我不觉稀奇，"他本来就认得很多字，漫画里的对白一清二楚，这孩子的智力不平衡，功课尚可，可是生活方面一窍不通，一次去参加运动会，晚上八点钟也没回到家，原来是迷路了。"

"可是他现在读的是科幻小说呢，一个叫卫理斯的人写的。"安儿掩不住惊奇。

"卫斯理，"我更正，"这个人的小说非常迷幻美丽，那套书是我的财产，看毕便送给弟弟，弟弟其实一知半解，但是已经获得个中滋味。"

"妈妈，你现在太可爱了。"安儿惊呼。

安儿说："任何男人都会爱上你，你又风趣又爽快，多么摩登。"

"啊，这都是看卫斯理的好处？"我笑，"我还看《红楼梦》呢。"

安儿扭一下手指，发出"啪"的一声，"《红楼梦》使我想起唐晶阿姨，她好吗？"

"好得不得了。"

"结婚没有？"

"你脑子里怎么充满月老情意结？"我怪叫，"你才十三岁哪。"

"十三岁半，我已不是儿童。"她挺一挺胸膛。

真服她了。

有安儿在身边，就等于时时注射强心剂，我的精神大振，一切烦恼权且抛到脑后，怕只怕她假期完毕，走的时候，我更加空虚。

我与安儿去探访"师父"张允信。

老张瞪着安儿问我："这个有鲍蒂昔里[1]脸蛋的少女是什么人？"

我说："我女儿。"

"女儿？"老张的下巴如脱臼一般。

安儿"咯咯"地笑。

"相貌是有点像，"老张的艺术家脾气发作，"但是顶多做你的妹妹，子君，你别开我玩笑。"

"真是我女儿，"我也忍不住笑，"货真价实。"

"我拒绝相信，我拒绝相信。"他掩耳朵大嚷。

安儿的评语是："妈妈的新朋友真有趣。"

我们在张允信的家逗留整个下午，安儿对他很着迷。他花样多，人又健谈，取出白酒与面包芝士给我们做点心，安

---

[1] 即桑德罗·波提切利，十五世纪末佛罗伦萨画派著名画家。

儿兴奋地坐着让他画素描……

我竟躺在藤榻中睡着了。

"妈妈，你现在的生活多姿多彩。"安儿称赞我。

她没有见到我苍白的一面。

归途中她叽叽呱呱地说要回母校圣祖安看看，又说要联络旧同学，到后来她问："冷家清怎么样了？"

我淡然说："我怎么知道？"

安儿犹豫地说："她不是跟我们爸爸住吗？"

"我没有过问这种事。"

"妈妈，你真潇洒。"

"安儿，这几天你简直把你的母亲抬举成女性的模范了。"我笑。

"是不是约好唐晶阿姨上我们家来？"安儿问。

"是的，你就快可以见到你的偶像了。"我取笑。

"妈妈，"安儿冲口而出，"我现在的偶像是你。"

"什么？把你的标准提高点，你母亲只是个月收入数千的小职员。"

"不不不，不止这样。你时髦、坚强、美丽、忍耐、宽恕……妈妈，你太伟大了。"她冲动地说。

我笑说："天，不单是我，连这辆车子都快飘起来了。"

"妈妈，"她忽然醒觉，"你是几时学会开车的？"

我诙谐地说："在司机只肯听新史太太的命令的时候。"

安儿不响了。

她开始领略到阳光后的阴影，或是黑云后的金边，人生无常，怎么办呢，有什么好说。

停好车上楼，母女俩原本预备淋个热水浴就可以等唐晶来接我们上街，当我掏出锁匙准备开门的时候，楼梯角落忽然转出一个人影，我醒觉地往后退三步，立刻将安儿推开。

"谁？"我叱道。

"是我。"

"你？"我睁大眼睛，陈总达？

错不了，胖胖的身形，油腻的头发，皱褶的西装，如假包换的陈总达，他还有胆来见我。

"妈妈，这是谁？"安儿问。

我也奇问："老陈，你在这儿等着干什么？"

谁知在陈总达身后又再杀出一个人，"我也在这里！"凶神恶煞般。

我定一定神，那不是老陈的黄脸婆吗？他们夫妻俩联手来干吗？

"有什么事？"我问。

陈太恶狠狠地指到我鼻子上来，"什么事？我没问你，你倒问我？"

我被她骂得丈八金刚摸不着头脑。

陈总达在她身边猥琐地缩着。

我恼怒，"有话说清楚好不好？"

"我问你，"那位陈太大跳大叫，"昨天晚上我丈夫一夜未归，是不是跟你这不要脸的女人在一起？"

"跟我在一起？"我不怒反笑，"他？跟我在一起？"

我转头看安儿，安儿上下打量陈总达一番，也笑出来。因为我们母女俩昨夜儿乎聊到天亮，我有人证，别人怀疑我，我才不担心，但安儿必须知道我是清白的。

谁是圣女贞德？但挑人也不会瞎摸到老陈身上去吧？离了谱了。

"谁告诉你，你老公昨夜与我在一起？"我问。

真出乎意料，陈太指向老陈，"他自己招供的。"

我吓一跳，莫名其妙，"老陈，你怎么可以乱说话？我几时跟你在一起？你冤枉人哪。"

"对不起，子君，对不起，"他可怜巴巴地说，"她逼得我太厉害，我才说谎，对不起。"原来是屈打成招。

"你毁坏我的名誉，老陈，你太过分了，走走走，你们两个给我滚，少在我们门口噜苏，不然我又要报警了。"

陈太犹自叫："你们两个莫做戏。"她作势要扑上来打我。

谁知说时迟那时快，忽然之间有人蹿出来接住她那肥短的手臂一巴掌挥过去，虽未打个正着，也揩着陈太的脸，她顿时后退，惶恐地掩住脸。

这时候安儿拍起掌来，欢呼："唐晶阿姨。"

救星驾到，我松口气。

陈总达却号叫起来："你打我老婆！你打我老婆！"奇怪，忽然之间又拍起老婆的马屁来。

"太热闹了。"唐晶叉着腰，吊着眼梢大骂，"你们耍花枪，请回家去，你们要男欢女爱，也请回家去，竟跑到这里来撒野，惹起老娘的火，连你十八代祖宗都揍，岂止打你这个八婆？滚滚滚！"她激动地挥舞着手中的鳄鱼皮手袋。

陈太拖着丈夫便打楼梯处撤退，电梯也不搭了。

七

这一年来我了解到钱的重要，有钱，就可以将生活带入更舒适的境界。感情是不可靠的，物质却是实实在在的。

我大觉痛快，开了门，咱们三个女性瘫痪在沙发上。

唐晶犹自悻悻，"他妈的，虎落平阳被犬欺。我这只皮包还是喧默斯[1]的，时值一万八千元，用来打街市婆，真正暴殄天物。"

安儿掩嘴笑。

我劝道："你哪儿来的火气？"

唐晶说："火气大怎么样？一辈子嫁不出去是不是？你圣贤得很，嫁得好人呀，此刻结局如何？"

我白她一眼，"黄皮树了哥，专挖熟人疮疤，落拔舌地狱。"

安儿奇道："一年不见，唐晶阿姨还是一样臭脾气。"

唐晶到这个时候才注意安儿，"史安儿，你这么大了。"她惊叹。

我摇着头笑，用手臂枕着头，看她与安儿聊得起劲。

这唐晶越发紧张了，整个人如一张绷紧弦的弓，一下子

---

[1] 即爱马仕（Hermès），世界著名的奢侈品牌。

受不住力就会折断开来，我不是不替她担心的。

像今夜这件事，她一定也身受过同类型的遭遇，所以才恨之恶之，借故大大地出一口气。

其实老陈夫妇很可怜，陈某昨夜到底在什么地方借宿？他倒会美其名，推在我身上，而他老婆竟会乐意相信，总比相信丈夫在小舞女处好吧？

我叹口气，世间哪儿来这许多可怜寂寞的人。

唐晶闻叹息之声，转过头来问："你也会有感触？你这个幸福的、麻木不仁的女人。"

我吓一跳，"喂，你无端端怎么又损我？就因为老公扔掉我我还活着就算麻木？你要我怎么办？跳楼？抹脖子？神经病女人。"

唐晶笑着跟安儿说："令堂与我如此直吵了三十年。"

"不要脸。"我骂。

安儿向往地说："我也希望有这么一个女朋友。"

我又骂安儿："你为什么不希望生大麻风。"

三个女人搂作一团大笑。

唐晶后来说我："真佩服你，与前夫有说有笑的，居然不打不相识，成为老友了。我就做不到这一点，我这种人一辈子记仇，谁让我失望，我恨他一生。"

我呆了一下说："恨也要精力的。"

"你真看得开，几时落发做尼姑去？"

我笑眯眯地说："唐晶，我认识你三十年，却不知你心恨谁，你倒说来听听。"

"啐！"

我又叹口气，"其实史涓生也不是奸人。"我撑着头想很久，"大概我也有失职的地方。"

没过几天，涓生便把房子的余款给我送过来，我感慨万千，为了这房子，过去一年间省吃省用地付款，甚至连今次安儿回来度假，我也借用唐晶的车子。不要说是奢侈品，连普通衣物也没添置一件，那些名店在卖些什么货色，我早已茫然，真应了齐白石一块闲章上的话："恐青山笑我今非昨。"

而奇怪的是，我也习惯晚上开会到八点半，心痛地叫计程车过隧道，到了公寓吃一碗即食面，便上床睡觉。有很多事，想来无谓，明天又是新的一日。

我手中拿着涓生给的本票，转来转去地看。

如果我是一个争气的女人，我应当将本票撕成两半，再苦苦挣扎下去，但我的勇气完全是逼出来的，一旦获得喘息的机会，便立刻崩溃了。

吃足十二个月的苦，也太够太够了吧，自然我们可以在患难中争取经验，但这种经验要来干什么？成大器的人必先得劳其筋骨，我还是做一个小女人吧，这已是我唯一的权利了。

我把支票交给银行，说也奇怪，整个人立刻有说不出的愉快。

史涓生始终是帮我的，他出没如鬼魅，但他始终是帮我的。

两个星期的假期完毕，送女儿回加拿大的时候，我禁不住大哭起来，实在是不舍得她，并且一年来未曾好好地哭过，趁机发作。

唐晶说："有那么好的女儿，真羡杀旁人，还哭。"

安儿嘱我尽快去看她。

我说："储蓄如建万里长城，我会尽力而为。"

安儿一走，我落寞。

唐晶说："始终希望有人陪，是不是？"

我不响。

"看样子你始终是要再结婚的。"

我说："有机会的话，我不会说我不愿。"

"吃男人的苦还没吃够吗？"

"你口气像我的妈。"

"你很久没见你妈妈了。"

"你怎么知道？"

"有时与子群通电话，她说的。"

"我不想见到她，她实在太势利。"我说，"这次安儿回来，我也没有安排她们见面。"

"是的，你总得恨一个人，不能恨史涓生，就恨母亲。"她笑。

我没有笑。

"工作如何？"

"有什么如何？购置一台电脑起码可以代替十个八个咱们这样的女职员，"我苦涩地说，"不外是忍耐，忍无可忍，重新再忍，一般的文书工作我还应付得来，人事方面，装聋作哑也过得去，老板说什么就做什么，一日挨一日，很好。"

唐晶问："房子问题解决，还做不做？"

"当然做，为什么不做？写字楼闹哄哄的，一天容易过，回家来坐着，舒是舒服，岂非像幽闭惩罚？"

"你真想穿了。"唐晶拍着大腿。

"尤其是不在乎薪水地做，只需办妥公事，不必过度伺候老板面色，情况完全不一样。"

"很好，说得很好。"

"以后我不再超时工作，亦不求加薪水，总之天天例牌做好功夫，下班一条龙，"我笑，"做女强人要待来世了，但我比你快活逍遥呢，唐晶。"

"是的，"唐晶说，"低级有低级的好处，人家不好意思难为你，只要你乖乖的，可以得过且过，一旦升得高，便有无数的人上来硬是要同你比剑。你不动手？他们压上头来。你动手？杀掉几个，人又说你心狠手辣，走江湖没意思。"

我笑，"有是有的，做到武林至尊，号令谁敢不从之时，大大地有意思，别虚伪了。"

"咄，你这个人！"

"唐晶，最近很少见你，你到哪儿去了？夜夜笙歌？"

"夜夜开会。"

"别拿言语来推搪我，哪儿来那么多会开。"

她面孔忽然红了。

我细细打量她，她连耳朵都泛起红霞，这是前所未有的奇事。

我暗暗也明白三分，虽说朋友之交要淡如水才得长久，但我实在忍不住，自恃与她交情非同一般。

我非常鲁莽地问："怎么，春天来了？"

"你才叫春呢。"

"别耍嘴皮子，是不是有了男朋友？"我急急扯住她手臂。

"神经病，我什么时候少过男朋友？"

"那些人来人往，算不得数。"

"我倒还没找到加油站。"

"真的没找到？"我简直大逼供。

"真的没有。"她坚决否认。

我略略放心，"要是被我查出来，你当心。"

"子君，"她诧异，"别孩子气。"

我恼，"我的事情，你都知道。你的事情，一概瞒我，这算公平吗？"

"子君，做朋友不是一定要交心，你怎么了？"

我握住拳头嚷："不公平，不公平。"

唐晶笑出来，"管他公不公平，我买了一瓶'杯莫停'，来，明天上我家来，咱们喝干它。"

唐晶是"唯有饮者留其名"派之掌门人。

我们把酒带到一间一流的法国餐馆去，叫了蜗牛、鲜芦笋、烧牛肉，却以香港人作风饮酒，白兰地跟到底。

没吃到主餐已经很有酒意，不胜力，我们以手撑着头聊天。

隔壁一桌四个洋男人，说着一口牛津英语，正谈生意，不住向我俩看来。

天气暖了，唐晶是永远白色丝衬衫不穿胸罩那种女人，她的豪爽是本地姐所没有的，她的细致又非洋姐所及，怪不得洋人朝她看了又看。

终于他们其中有一个沉不住气，走过来，问："可不可以允许我坐下？"

"不可以。"唐晶说。

"小姐，心肠别太硬。"他笑。

他是一个金发的美男子。

"先生，这是一间高尚的餐馆，请你立即离开。"唐晶恼怒地说。

"我又不是问你，"金发男人也生气，"我问的是这位小姐。"他看向我。

唐晶怔住，一向她都是女人堆中的明星，吊膀子的对象。

我受宠若惊之余并没有卖友求荣，我马上咧开嘴说："她说什么亦即等于我说什么，先生，我们就快结婚了，你说她是不是有权代表我发言？"

唐晶在我对面，忍笑忍得脸色发绿，那金发男人信以为真，一脸失望，喃喃道："怪不得，怪不得。"异常惋惜，"对不起。"他退开。

我连忙结账，与唐晶走到马路上去大笑。

她说："如今你才有资格被吊膀子。"

"这也算是光荣？"

"自然，以前你四平八稳，像块美丽的木头，一点生命感也没有，现在是活生生的，眼角带点沧桑感——有一次碰见史涓生，他说他自认识你以来，从来没见过你比现在更美。"

"我？美丽？"我嘲弄地说，"失去丈夫，得回美丽，嘿，这算什么买卖？"

"划算的买卖，丈夫要多少有多少，美丽值千金。"

"三十五岁的美？"

"你一点自信也没有。"唐晶说道。

我们在深夜的市区散步，风吹来颇有寒意。我穿着件夹旗袍，袍角拂来拂去，带来迷茫，仿佛根本没结过婚，根本没认识过史涓生，我这前半生，可以随时一笔勾销，我抬起头来，看到今夜星光灿烂。

唐晶吟道："如此星辰非昨夜，为谁风露立中宵。"

我微笑。

她沮丧地说："我总共才会那么几句诗词。"

我知道风一吹，她的酒气上涌，要醉了。

我连忙拉她到停车场，驾驶车送她回家。

能够一醉也是好的。

拥有可以共谋一醉的朋友更好。人生在世，夫复何求（语气有点像古龙）。

第二天醒了，去上班。

他们都说新大班今日来做"亲善探访"。

传闻已有好些日子，这个新大班将探访日期拖了又拖，只是说忙，此刻真要来，大家已经疲掉，各管各干，反正他也搞不到我们，左右不外是布朗说几句体己话就打道回府。

唐晶说的，做小职员有小职员的安全感，就算上头震得塌下来，咱们总有法子找到一块立足之处，在那里缩着躲一会儿，风暴过后再出来觅食。

我叹口气，谁会指了名来剥无名小卒的皮呢？

电话铃响，我接听。

"子君？张允信。"

"隔一会儿再同你说，大班在这里。"

"死相。"

"不是死相，是婢妾相。"我匆匆挂上电话。

这时身边忽然传来一个声音，"咦，你，我还以为你昨夜醉得很，今天怎么又起来上班？"

我抬起头，金发、蓝眼、棕色皮肤、高大，这不是昨夜误会我同唐晶同性恋的那个男人吗？

布朗在一旁诧异至极，"你们早已认识？"他问。

金发男子连忙看我的名牌，"子君？"他乖觉地说，"子君是我的老朋友，没想到现在替我做事，这敢情好，几时我来窥伺她是否合我们公司的标准。"

布朗连忙挤出一个笑容，"见笑，可林，见笑。"

他取出名片放我桌上，"子君，我们通电话。"

他一阵风似的被布朗拥走了。

卡片上写着：可林钟斯总经理。

洋人，我耸耸肩，可幸我不是子群。

电话又响。

"怎么，大班走了？"是允信。

"有什么事，师父？"

"你若尊我一声师父，我就教你路，徒弟，何必为五斗米而折腰呢？"

"为生活呀。"我说得很俏皮。

"听着，徒弟，我接到一单生意，有人向我订制五百件艺术品——"

"艺术品断不能五百五百地生产。"我截断他。

"好，好。"他无可奈何，"总之是生意，两个月内交货，可以赚八万港币，是一笔小财，但我双手难赚，要你帮忙，如何？"

"我分多少？"

"嘿，与师父斤斤计较，你占两万。"

"三万。"

"二万五。人家是冲我的面子来下订单的，你胆敢与我讨价还价？"

"好，杀。"

"你要辞了工来同我做。"

"什么，辞工？做完那些'艺术品'，我不吃饭了？"

"你可以朝这条路走呀，死心眼，朝九晚五，似坐牢般，成日看人眉头眼额，有什么味道，亏你还做得津津有味。"

"不行，人各有志，我拿五天大假，连同周末七天，其余时间下了班来做。"

"那么你起码有七天不眠不休。"

"我顶得住。"

老张冷笑，"倒下来时切莫怪我。"

"人为财死。"

"子君，那种鸡肋工，你为何死命留恋？外边的天地多么广阔美丽，你为什么紧紧地关闭你自己，不愿意放松？"

"你是在游说娜拉出走吗？"我无奈地问。

"你不会饿死的，相信我，子君，与我拍档，我们将生产最富艺术性的陶瓷商品，我们的作品将扬名天下。子君，你要对自己有信心，同时对我也要有信心。"

我默默无言。

但是我对这份枯燥的职业不是没有感情的，它帮我渡过一个庞大的难关，使我双脚站稳，重新抬起头来做人，我怕一旦离开它，我的头又会垂下来。

自由职业事如其名，太自由了，收入也跟着自由浮动起来，我怕吃不消。

这一年来我了解到钱的重要，有钱，就可以将生活带入更舒适的境界。

感情是不可靠的，物质却是实实在在的。

"你现在赚多少，区区四五千元？"老张问。

"加了薪水，"我抗议，"接近六千。"

"我若保证你每月还有这个收入呢？"

我不响。

"你不信。"他叹口气，"笼中鸟即使释放也忘记飞翔术。"

我咬咬牙，反正心中了无挂念，也罢，出来拼一拼，也许是生命中另一个转折点。

"我想一想。"

"不妨与你的好朋友唐晶商量一下，你在陶瓷方面绝对有天赋，我没有必要恭维你，要助手，随便可以抓到一大把，城中每一个落魄的人都自称艺术家。"

我并没有为这件事去请教唐晶，不是过了河就拆桥，我也到自己做抉择的时候了。

我同他说："得。"

子群在当日晚上约我吃饭。

她要我出来见见她的洋老头。

我心不在焉，正嘀咕没事做，便答应与他们吃西餐。我没有胆子同他们上中菜馆，怕子群会以苏丝黄的姿态教洋人用筷子，我的心灵很脆弱，受不起刺激。

子群说笨还真笨，她失望地说："不如到天香楼去，斋菜上市了，好吃斋菜云吞。"

"不，要不吃法国菜，要不失陪。"我一口咬定。

子群经过那次事，对我很是迁就，去订好位子。

轮到我内疚。人各有志，她又没逼我同外国人好，我何苦为这件事瞧不起她。

当夜赴宴，我脸色稍霁。

使我意外的是，子群的男友说得一口广州话，普通的交际应酬毫无问题，几句俗语运用恰当，把我引得笑出来。

他有五十岁了，头发花白、身体臃肿，不过对子群很体贴，这种事女人一向很敏感，立即可以看得出来。

一样是外国人，这一个就好，跟以前那些不可同日而语。

终于他们提到婚事。

"——已经注册了，下个月中行礼。"子群说。声音中没有太多的欢喜，也没有什么不愉快，她在叙述一件事实，像"星期六上午到会议室开会"一般。

老头有点兴奋，"婚后我们到达凡郡[1]蜜月旅行，维朗尼加说，待我退休时，陪我一起去英国落籍。"语气中一点遗憾也没有了。

我长长叹口气。

"子君。"有人叫我。

我抬头。什么地方都会撞见熟人，站我身前的正是可林钟斯，我目前的大老板，简直有缘，处处都碰头。

我毫无表情，他则活泼得很。"咦，"他说，"那个恶女人今天不在？"他指的是唐晶。

我不搭腔。

"你们在商量正经事？好，一会儿我再过来。"他总算识相，走到一边去。

子群对她未婚夫说："姐姐一向冷如冰霜。"

老头存心捧我："却艳若桃李。"

我？艳若桃李？

算了吧。

子群总算得到一个归宿。

对我来说，如此归宿不如不要——呵，我不应大言不惭，

---

[1] 即德文郡，位于英国英格兰西南部。

怀着妒忌的心，归宿对我来说，已是下辈子的事了。

子群做老生常谈，"姐，遇到好的人，你不妨再考虑结婚。"

我淡淡应："呵。"

"唐晶与一个年轻律师走得很密，你知道吗？"子群闲闲说起。

"什么，"这真是大新闻，"她有密友？"

"正是。"

"叫什么名字，多大年纪？事情有多久？"我跳起来，声音都颤动。

子群愕然，"她没与你说起，你们不是几乎天天见面？"

我强笑道："提是略略提过，我以为是普通朋友。"

"据说已经同居了。有人看见他俩每早到文华吃早餐。"

我更加震惊，已到这种地步。

她竟一字不与我透露，将我蒙在鼓中。好家伙，这样是待朋友之道吗？

"他叫……对，叫莫家谦。"

我像是喝下瓶九流白酒，喉底下直冒酸涩的泡泡。

"人品不错，"子群笑，"不是到处约女人的那种男生，至少，他从未约会过我。"

"相貌呢？"

"五官端正。"

我托着头呆想半晌。

子群在这时略有喜气，"今年倒是很多陈年旧货都得到婚嫁的机会，不说笑，姐，很快就要轮到你。"

我站起来，"我有点事，我先走。"

"我需要十小时的睡眠，"我将面具一把撕将下来，"我累。"拿起手袋就走。

门外细雨霏霏，我站着等计程车。朋友？我冷笑，这也叫朋友。

已进展到同居了还不与我说一声，难怪最近要找唐晶的人几乎要提早一个月预约。而她也向我吞吞吐吐过数次，终于没出声，把这个秘密守得牢实。

我心酸地想：其实我又何尝是个多是非的人，唐晶也太小心。

"送你一程如何？"

我转头，可林钟斯站在我身边。

我苦涩地反问："为什么不，车子在哪里？"

"隔壁街。"他说，"怎么一下子就生气了？不是与你朋友说得好好的？我看你也吃得很多。"

"我的脾气非常不好。"我颓然说。

"据说在公司里你情绪一向很稳定。"

"那是因为我秘密换面具之故。"

"我不相信。"他对我笑。

"不相信？"

"你真面目如何？"

"我天生一张白板面孔，没有五官。"

他看我，一边摇头一边笑。

他找到车子，开门让我先上。我说出地址。

"布朗待你可好？"

我看他一眼，"我不打算做这种小人，在你面前说他是非，他能够在公司待那么久，总有他的道理，况且我已打算辞职。"

"辞职？"他愕然，"为什么？没有人在这个关头辞职，我们正要升你。"

我微笑，是刚才那一刹那决定的。

"喂，千万不要冲动，考虑清楚再说。"他嚷，"有委屈同我说。"

车子到家，我说："谢谢你，再见。"

"明天吃午饭好不好？"

"我不与外国人一起走。"

"为什么？"

"不为什么，一种习惯，对不起。"我开车门。

一整夜我都想致电唐晶：怎么？以轻描淡写的口吻，同居了？不是最不赞成同居吗？

那个男人叫莫家谦。

第二天我又在报摊上看到史涓生的彩照。

他成了大明星。

我皱皱眉头，以厌恶兼夹好奇的心情买了那本周刊，同其他市民的心态一样。

史涓生一副蠢相，眼睛有点睁不开来的样子，辜玲玲照例咧着嘴，像猎头族族长与他的战利品合照。

我很替涓生累。

子群说得对，这么多月下货都寻到买主，可贺可喜，我没有什么感觉，如果有记者访问我，我只会说：史医生那领花的颜色太恐怖，绿油油的。

结吧结吧，随他们高兴。

我呈上辞职信。

布朗连眉毛也不抬一下，立刻批准，我也不期望他说出什么难分难舍的话来，各得其所。

同事知道我辞职，纷纷前来问长道短，忽然之间把我当作朋友，消除敌意，其实我又何尝是他们的对手。他们土生土养，老于斯死于斯，而我，我不过是暂来歇脚的过路人，难为他们在过去一年如临大敌似的对付我。

我叹口气，为什么视我为异形？就因为我嫁过西医？迟入行？抑或平时尚有不周之处？

待我要走，大家纷纷露出真情，蛋糕茶点不停地送将上来，连布朗也和颜悦色，稿子也不改得那么一塌糊涂了。

每日下班，我往老张处搓泥，穿着工作服，缚着围身，满手泥浆。

我学会抽烟。

老张跟我说："子君，你简直是一个艺术家，埋没天才若干年。"

商户指明要些什么，有图样规定，釉彩颜料都一一指明，美这种行货曰艺术，那是我师父张允信过人之处，我觉得别扭。

小憩时我将泥捏成小小人形，单在面孔着色，将它们化妆成小丑。

"咦，童心大发？"

"不，学做女娲。"

我细心地在一寸大小的面孔上画上大眼、眼泪和扁扁的小嘴。

"子君，男人很容易就会爱上你。"老张温柔地说。

"你爱我吗？"

"我爱你如姊妹。"

我点点头，这一点我相信。

"你的丈夫呢？你有没有丈夫？"

"我有丈夫，我女儿并非私生。"我替小丑小小的手也描上白色。

"他呢？"

"与他新欢在一起。"我无动于衷，"衣服不必着色了吧？"我问道。

"身体任由它铁锈色陶器原色好了。"老张说，"他怎么会舍你取他人的呢？"

"人各有志。"我说，"你喜欢无锡大阿福泥人吗？"

"现在流行得很。"

"我不喜欢，太土了，土工艺品有很多要经过改良，否则单是'可爱好玩'，没太大价值。"

"他为什么同你离婚？"

"他说他不再爱我。"我将小丑送入烤炉。

"莫名其妙的男人，别难过，子君，他配不上你。"

我微笑，"我也这么想，老张，谢谢你。"

布朗忽然召见我。

真威风，要是尚未辞工，准得紧张得一轮心跳，现在我态度服从，不过是礼貌。

我几乎马上明白，可林钟斯在他身边。

我坐下。

钟斯开始与布朗自相残杀。

钟斯问："为什么子君递辞职信时你立刻批准？我对这件事一点消息都没有。"

布朗反驳："她只是低级职员——"

"我们开始的时候都是低级职员，布朗先生，都需要鼓励提拔，公司扩张得那么厉害，与其聘请新手，不如挽留旧人。"

"可是她去意已决。"布朗涨红脸，"信是她自己递进来的。"

"你于是很愉快地批准？"

"是。"布朗站起来，"工作人员上工辞工，是极普通的事。"

"是吗？"钟斯看着我，"子君，我代表董事局挽留你，明天你调到总公司宣传组来做我的私人助理。"

布朗额角露出青筋，我看着实在不忍。

我说："钟斯先生，我已另有高就了，布朗先生说得对，像我这种'人才'，车载斗量，公司里挤得犹如恒河沙数，实在不劳挽留。"我站起来，"我去心已决，不必多言，这件事与布朗先生完全没有任何关系。"我如背书般流利，"工作我不是不胜任，同事又待我很好，"完全昧着良心，"是我自己要转变环境，一切与他人无关。"

这一下子轮到钟斯下不了台，我并不想看这场好戏，他要挽留我，不外是对我发生兴趣，要讨好我，可惜我不是初出茅庐的小妞，会对这类小恩小惠大肆感激。跟着史涓生那么久，坐过平治[1]，穿过貂皮，不劳而获十多年，对钟斯提供的这类芝麻绿豆好处，瞧也不要瞧，他搞错对象了。

我同女书记露斯说："我请假半日。"

索性提起手袋走出公司。

我跑到老张的大本营，又开始做小丑。

我仿佛把内心的喜怒哀乐全发泄在这小小的人形中。

竟把老张的家当自己的家了。

老张也习以为常，不以为奇。

晚上回自己公寓睡，因生唐晶的气，电话都不听。

但唐晶到底还是自己找上门来。

她一开口便恶人先告状："你与那娘娘腔同居了？人影都不见，史涓生要结婚你知不知道？你倒是很笃定，听说还辞职，这许多大事你都可以自己担起？不得了，你本事益发高强了。"

我只是直接地反问一句："关你什么事？"

她一呆，显然就在那一刹那，我俩三十年来的友谊船就触礁沉没。

---

[1] 即奔驰。

她还努力着，"但我们一直是好朋友。"

"是吗？所以我跟老张同居都得告诉你？"我冷冷地问。

"我什么地方得罪了你？"唐晶愕然问。

"你一向以为自己比我能干、博学，对我，你爱骂爱讽刺我绝对没话讲，给点小恩惠，你就以为提携我，你对我，恩重如山，情同再造，你俨如做着小型上帝，你太满足了，谢谢这一年来的施舍，我不要这种朋友，你高高在上地找别人衬托你吧，我不是百搭。"

她气得说不出话来，只从牙缝中迸出几个字："你这个小女人！"

她走了。

我是个小女人。我几时否认过？谁封过我做女强人？亏她有胆子事事来追查我，我剪个指甲都得向她报告？而她却鬼鬼祟祟的，什么都不同我说。

我气鼓鼓地往床边一坐。

——且慢。

我是怎么了？我疯了吗？

我吃醋？谁的醋？莫家谦的醋。我把唐晶男朋友的名字记得这么牢干什么？自己的妹夫姓什名谁还不记得，我是要独自霸占唐晶啊，我怕失去她。

我一旦听到唐晶有男朋友，立刻惊惶失惜。十多年来，她是我忠心的朋友，随传随到，这一年来，她简直与我形影不离，如今她有了自己的伴侣，她甚至有可能成家立室，我将渐渐失去她，感情上的打击令我失措，许多母亲不愿儿女成婚也是因为怕失去他们的爱。

　　我怃然而惊，我太自私了。

　　三十年的友谊毁于一旦，我不能蒙受这种损失。

　　我自床上跳起，忽然之间泪流满面，我披上外套冲出去。

八

这一年来在外头混，悟得个真理，若要生活愉快，非得先把自己踩成一块地毯不可，否则总有人来替天行道，挫你的锐气。

我到唐晶家按铃，她小小的公寓内传出音乐声，仿佛在开派对，我急得顿足。

门开了，唐晶见是我，非常诧异，脸色在一刹那恢复正常。

我嗫嚅问："有客人吗？"

"有一个很特别的客人，"她很平静地说，"我来介绍。"她引我入室。

小客厅坐着一个男人，粗眉大眼，三十七八岁，我便知道这就是莫家谦。他并不英俊，但看上去无限熨帖舒服，他见到我马上站起来。

"不用说也知道是唐晶口中的子君。"他说。

我与他握手。

一肚子的话，因有他在，没一句说得出口。

也难怪我要恨他。

而唐晶很客气，"子君，喝什么？有'皇家敬礼'威士忌。"

"热牛乳。"我说。

唐晶一下子将我推到三千米以外去。祸福无门，唯人自招，我只怨自己。她是个玻璃心肝人，我这般气急败坏半夜赶上门来，她应知我有悔意，无奈夹着个重要的外人，有话说不得。

这时候我才听得音乐是小提琴。

我最受不了这么杀鸡杀鸭的调调，自然而然皱上眉头。

我细细打量莫家谦，故意要在他身上挑骨头，结果只觉得他无懈可击。

莫家谦的西装半新不旧，腕表毫不夸耀，鞋子洁净光亮，领带半松，衬衫颜色配得恰恰好，系一条黑色鳄鱼皮带，浑身没有刺目的配件，随手拈来，益见大家风范。

我立刻有种打败仗的感觉，像这样的男人，又未婚，本港还剩多少名？

难得的是他眉宇间有一股刚毅的气，这是史涓生所欠缺的。涓生的懦弱至今根本不屑细说。

一对璧人。

唐晶真的要离我而去了。

与这样的人结婚生子也是应该的。

我的鼻子发酸，泪水高涨，充满眼眶，转来转去，费尽九牛二虎之力，才忍住不让它流下来。

唐晶微笑地问我："觉得他怎么样？"

"很好。"我拼命点头。

唐晶笑道："我也觉得很好，就是鼻孔大一点，相士说鼻孔大的人会花钱。"

"啊。"

"莫家谦一只鼻孔叫关那利斯,另一只叫史特拉底华斯。"

"什么?"我没听懂。

莫家谦却已哈哈笑起来。

我有种坐不住的感觉,他俩之间的笑话,他们之间的默契,三十年的友谊有什么用?我慨叹,立刻贬为陌路人。

女人与女人的友谊管个屁用,看看他们两个如胶似漆的样子,我与涓生结婚十多年,从来没有这般喜形于色、心满意足的情态。

我说:"我……告辞了。"

唐晶并没有挽留我。

我在门口跟她说:"我是来道歉的。"

"我们都不是小孩子,小事不必记在心上。"她不经意地说。

"你原谅我吗?"我老土地问。

她很诧异,"我们以后别提这件事好不好?"

她不再骂我讽刺我。

我明白,唐晶一心要将我们这一段亲密的感情结束,代之以互相尊重的君子之交。

我无法力挽狂澜。呆了一会儿我说:"是我不好。"

多说下去更加画蛇添足,我转身走。

天下无不散之筵席。

我是一个软弱的人,背后总得有座靠山,涓生走掉有唐晶,唐晶之后呢?

我看看自己的双腿，真的该自立门户。

我问张允信："什么叫作关那利斯？史特拉底华斯？"

"啊！两个都是十七至十八世纪制小提琴大师，这些古董琴音声美丽，售价昂贵，有专人搜集。"

哼！原来如此，大概莫家谦也想染指这些小提琴，所以唐晶说他鼻孔大，会花钱。

两个人一鼻孔出气。

钟斯挽留我没有成功，对一个不等钱用的女人来说，工作的荣耀一文不值。但是在谈话当中，我发现他人性有趣的一面。

"你面色很难看，像个失恋的人。"

"是吗？"

"你那女朋友呢？"

"她打算结婚，我们疏远了。"

"难怪！听说你们这类人不易找对象。"他当真以为我与唐晶是同性恋。

"可不是，"我微笑，"她又那么美丽多姿。"

"爱，"他的好奇心完全被我激引出来，"两个女人……到底是怎么一回事？"

"都是因为市面上没有好男人之故。"我埋怨。

他心痒难搔，"怎么会没有好男人？"

"你算是好男人吗？"我问。

"我也是有正当职业的。"

"但不是结婚的对象。"我说漏嘴。

"你们两个女人也不能结婚生子呀，于事无补。"

我感喟地说："只有女人才晓得女人的苦。"

"到底是怎么一回事？"他好奇得脸都涨红，"听说你们有个会是不是？凡有此癖好的互相推荐介绍，是不是？"

"是，我是主席。"我笑。

"子君，老实点。"

"你专门往歧途上想，怎能怪我不老实？"

"你不肯透露秘密就算了。"他有他的天真。

等我回到张允信处做陶瓷时，我问他："你们这种人，是否有个会，互相推荐介绍？"

"你说什么？"张允信像见到毒蛇似的，眼如铜铃。

"我问，你们同性恋的人，到底是怎么一回事？"

"我扼死你，谁告诉你我是同性恋？"他尖叫，"子君，我扼死你。"

我很镇静地看着他，"只有女人才扼死人，男人通常只揍死人。"

他转过头去，不回答我。

看得出气是渐渐平了。

我问："为什么不承认？又不犯罪。"

他说："不知道，有种本能的心虚。"

"对不起，"我洗手，"我太鲁莽。"

"你好奇心太强，这样会令你失去朋友。"

我苦笑，"我已经为此失去一个好友。"

他说："明天华特格尔造币厂的人会来探访我们。"

"干什么？"我也乐得换个题材说别的。

"推销生意。"

"造币厂？"

"最近人家也代理瓷器，一套套，分开每个月发售一件，以便一般人可以负担得起，很管用。"

对，我也看过报上广告，什么一套十二节令的花杯之类。

"你倒是神通广大，"我说，"联络到他们。"

张允信扬扬得意，"谁敢说我不是一个好的生意人。"

"会不会撇下我？"我问。

"你放心，子君，若有可能，我会娶你。在我眼中，你是唯一可爱的女人。"

"受宠若惊。"我笑。

华氏的大堆人马大驾光临的时候，师父令我侍候在侧。

那一堆人不是好服侍的，鹰般的目光挑剔我们的制成品，言语上没有不礼貌之处，但态度很分明地表明当它们是烂缸瓦。

我却幸灾乐祸，活该。

张允信一遇到真识货的人便出洋相。

虽然华氏出品也属摆设品，但到底认真精致一些。

他们一行来了两男两女，一对年轻，另一对白发萧萧，张允信一扫艺术家的疲惫，殷勤侍候。

终于那位老先生开口："谢谢你，张先生，谢谢你招待我们来参观。"

看样子这就是退堂鼓，他们不打算再看下去。

张允信的脸转为苍白。

"慢着,"老太太忽然说,"这是什么?"

她俯下身子,在窗台上小心翼翼地拾起一件制成品,仿佛它有生命似的。

我探身子过去看看,"呵,那些小丑。"我十分讶异。

自烤箱取出,我就顺手一排地搁在窗台上。

老太太招呼同伴,"快来看,真是奇迹。"

另外三位也连忙纷纷拾起那十多只人形观看。

老先生满脸笑容地转过头来,"张先生,这也是你的作品?"

老张急急说:"是是。"

我白他一眼,岂有此理。

他连忙改口:"这是'我们'的作品,我与我徒弟。"

我抢着说:"拍档。"有机会要立刻抓紧。

"是,"老张恨恨地说,"我与她拍档。"

老先生说:"很美,可惜没有系统。"

我连忙说:"可以策划一下,如果外形适用就可以改良,是不是?"

老太太坐下来,其余三人也跟着坐。

我兴奋得冒泡,连忙去挤在老太太身边。

老张双眼状若喷火,又无可奈何。

年轻的先生说:"人形的面孔表情尚可改善。"

"是,是。"我说。

"一共六款也够了。"老先生说,"服饰也可依照各朝代的宫廷小丑而定。"

年轻小姐道："这个尺寸恰恰好，可爱得很。"

老先生说："你们先做一套六个样板来看看。"

"是，是。"老张抢答。

老先生对同伴说："今天大有收获。"

我说："一个星期后，我们可以交板。"

"好，我叫本地代理同你们联络。"

我俩恭送他们至门口，关上门！

老张与我先是欢呼一声："呵哩！"

然后我骂他："不要脸，这小丑是你做的吗？"

"贱人，"他也回骂，"过桥抽板，教会徒弟，没有师父，亏我将你一手提拔。"

"所以才叫你做拍档，不然干吗给你这么好的机会？"我得意扬扬。

"子君，如今我认识你真面目，你跟其他女人实在没有什么两样。"他说，"天下最毒妇人心。"

"我没说过我有异于其他女人。"

"是是是是是，见到大老板顶会拍马屁。"他斜眼看我。

"识时务者为俊杰。"做了一年多事，什么不学会？"喂，拍档，这一套东西能给我们带来什么？"

"要是人家真的付版权生产起来，徒弟，咱们三年内的生活就不必担心了。"老张说。

"真的？"我怔怔地吐舌头。

"可是有许多技巧方面的事情，你没有我可不行啊！"

"这我知道。哎，拍档，如此说来，咱们不是要走运了吗？"

他也承认，"看样子是有希望走运。"

运气来的时候，挡都挡不住。

我与允信几乎做得头发发白，连夜找资料赶出图样草稿，先给华特格尔厂本港代理送去了，然后开始制造模坯，纤细部分用手工补足，做得眼睛发酸，嘴巴发涩。

老张骂："当初为何不做大一点？自讨苦吃。"

我叹曰："当时手上只剩那么一点点泥，胡乱捏的，谁会得知无心插柳柳成荫？"

大功告成那夜，我筋疲力尽，一条腰像直不起来。

我跟老张说："如果华氏不要我们这套人形，我改行卖花生。"

"你改行？你入行有多久？"

我也承认他说得有理，有许多技术上的问题，没有老张根本行不通，他是专家，我要学的地方多得很呢。

我们把货交上去的那一个下午，也就是子群举行婚礼的一天。

我去观礼。

下雨，客人都打着伞，濡湿的地上一个个汽油虹彩。

我穿着新买的一套白色洋装。白皮鞋踩到水中，有痛快的感觉，一种浪费，豪华的奢侈，牺牲得起，有何相干。

（史涓生与我提出离异的时候，心情也差不多吧。）

子群打扮得很漂亮，柔软的白色短纱裙，小小纱帽，白手套，面孔经过浓妆，显得特别整齐。

可惜下雨，雨中新娘特别浪漫，在一地花、碎叶子下我们站在一起拍照。

史涓生在这个时候赶到，难为他这么周到。其实子群不过是他的姻亲，他与我的婚姻断开，就不必再尽亲戚之礼，我不知他来干什么。

拍完照，新人乘坐花车离开。

史涓生把双手插在裤袋中，向我走来。

"……很漂亮。"他说。

我以为他说子群，"新娘子都是漂亮的。"

谁知他道："不，我是说你。"

我顿时一呆，"我？"

"是的。"

我略带讽刺地说："太客气了。"

离婚后，他直接间接地，不止一次称赞我美丽。

他问："去喝杯咖啡好吗？"

我看看腕表，点头。

"去山顶的咖啡厅？"他又问。

"不。"我马上回绝。

那处那么美，不是跟前夫去的地方，跟前夫谈判说话，随便在市中借个地方落脚便可，何必浪费时间上山顶？破坏那里的情调。

我说："就附近坐坐好了。"

他失望，"你以前一直喜欢那里。"

"以前我瞎浪漫。"我一笔带过。

以前？以前怎么同？真亏他今日还提出来。

我们在小西餐馆坐下，叫了饮料。

"子群结婚你送什么？"他问。

"千元礼券一张。"

"咦，你以前不是专门爱花时间挑精致的礼物吗？"

我不耐烦，以前是以前。

"我送一套银器。"他略为不安。

"何必破费？"我客套。

"她丈夫红光满面，得意得很。"涓生又说。

"当然，娶到子群，算他本事。"我感喟地说，"其实子群只是运气不好，很多时候别的女人顺利的事，她就卡在那个关口过不去。"

"现在好了。"

"哎，塞翁失马，焉知非福。她这样跟着老头子一走了之，省却不少麻烦，到外国去过其与世无争的生活，多棒。"

"你母亲怎么没来？"

"不知道，大约是觉得没面子。"母亲最要面子。

宾客中许多花枝招展的小姐，一式紫色嘴唇蓝色眼盖，大抵是公关小姐之流，另一半是洋人，纷纷与新娘子香面孔。

我想到很久很久之前，约三十年前吧，父亲带我参加西式婚礼，喝奶茶时我不懂得把匙羹自杯子取出搁碟子上，大大地出过洋相，至今难忘。

后来做了母亲，便把安儿带出来教她吃西餐，用刀叉。

想到这里，我莞尔。

"你许久没来看平儿。"涓生说。

"是，忙得不得了。"我歉意，"但平儿也并不想念我。"

"忙什么？"他忍不住问，"连安儿也说你好久没一封信。"

我说："我接下一点私人生意，与朋友合伙。"

"你倒很有办法。"他怀疑地说。

我回他："路是人走出来的。"

"我没想到你有这么能干。"

"逼上梁山。"我说。

"我快要结婚了。"他低下头。

"你说过。"

"子君，如果我回头，子君，"他忽然伸手握住我的手，"如果——"

我甩开他的手，"你在说什么？"我皱上眉头，"咱们早已签字离婚，你少疯疯癫癫的。"

涓生喃喃地说："是，你说得对，是我不好。我一直嫌你笨，不够伶俐活泼，却不知是因为家庭的缘故，关在屋子里久了，人自然呆起来……离婚之后，你竟成为一个这样出色的女人，我低估你，是我应得的惩罚。"

听了这话，我心中一点喜悦也无，我只是婉转与客气地说："也难怪你同我分手，我以前是不可爱。"

这一年来在外头混，悟得个真理，若要生活愉快，非得先把自己踩成一块地毯不可，否则总有人来替天行道，挫你的锐气。与其待别人动手，不如自己先打嘴巴，总之将本身毁谤得一文不值，别人的气就平了，也不妒忌了，我也就可以委曲求全。

没想到平时来惯这一招，太过得心应手，在不必要使用的时候，也用将出来，一时间对自己的圆滑不知是悲是喜。一个人吃得亏来就会学乖，想到那时做史涓生太太，什么都不必动手，只在厅堂间踱来踱去，晚上陪他去应酬吃饭，也不觉有什么欢喜，现在想起来，那种少奶奶生活如神仙般。

今日史涓生的心活动了，求我复合，我又为什么一口拒绝？真的那么留恋外头的自由？不不，实在每个人都有最低限度的自尊，我不是一只狗，呼之即来，挥之即去——史涓生觉得我笨，身边立刻换新人，史涓生觉得我有药可救，我又爬回他身边。

我做不到。

一年多来我见识与生活都增广，又能赚到生活，他不再是我的主人、我的神，我不必回头，这一仗打到最后，原来胜利者是我，我战胜环境，比以前活得更健康，但是心中却无半丝欢喜。

我说："涓生，我由衷祝你与辜玲玲愉快，她是一个很有打算的女人，正好补充你的弱点，你们在一起很配合。"

他不再言语。

我站起来走。

心中一点牵挂都没有，宇宙那么大，天空那么宽，我的前途那么好，但我一点也不快乐。

因我心中沧桑。

我与老张的心血结晶并没有打回票。

　我俩得到一纸合同，可以抽百分之十五的版税，我与老张悲喜交集，发愣了半天。收入并不夸张，但至少在这一两年内，我们不愁开销。艺术家的生活原是清苦的，华特格尔造币厂的照顾使我们胜过许多人。

　我们是心满意足了。

　正如老张所说："虽不能买劳斯莱斯，日本小房车已不成问题。"

　我心中放下一块大石。

　离开家庭往外闯，居然这般有眉目，连我自己都吃惊。

　老张耸肩说："有些人交老运。"

　刻是刻薄点，未尝不是事实。

　说也稀奇，替华特格尔造币厂代理全盘宣传的，正是我以前工作的公司——对的，我又有机会见到可林钟斯。

　而真的，每一个人都有他的好处，尤其是当那个人不再是上司的时候，这个年纪轻的加拿大男人有一股似真非假的细心，很能降服女性。

　即使是在谈公事的时候，他亦同我眉来眼去，表示"咱们有缘分，你躲不过我"。

　张允信不喜交际应酬，但凡有宣传事宜会议，就把我推到前线去牺牲掉，他躲在家中帮我解决"技巧"的问题。

　我没有搬家，老张倒搬了，开车子要足足一个半小时才能到他那儿。一所半新不旧的乡下房子，屋前一大片空地，数棵影树，两张宽大的绳床，羡杀旁人，对牢的风景是一片大海，天晴的时候波光潋滟，躺在绳床上有如再世为人，再也不想起来，干脆乐死算了。

我曾把平儿接到这所乡下房子来玩耍，他很喜欢，在空地上玩其遥控模型车子。

休息的时候他忽然问："老张是你的男朋友吗？"

我愕然。

没想到毫无心机的平儿也会问这种问题。

他侧着头，眯着眼，正在啜喝一罐可乐，寂静的阳光下，我凝视他可爱的脸，我的儿，我心说：这孩子是我的宝贝心肝，但他长大，渐渐怀疑母亲，恐怕离母亲而去的日子也不远了吧。

我答："不，他是妈妈生意上的合伙人，不是男朋友。"

平儿将吸管啜得"嘶嘶"响，仿佛不大相信。

"奶奶说你会很快结婚。"他说道。

我诧异，"奶奶真的那么说？"比我想象中更开通。如今世道是不同了。

"爸爸要结婚，你也会结婚。"他说。

"不，妈妈暂时还没有结婚的对象。"

平儿说："如果你嫁给外国人，我不会说英文，就不能够同他说话。"

我益发纳闷，"谁说我嫁外国人？"

"爸爸说看见你同金发的外国人在一起。"

"没这种事。"我坚决否认。

平儿的大眼睛在我身上一溜，吸完可乐，将罐子远远地抛掷出去，"当"的一声落在地上。

我问平儿："最近做些什么？"

"上学放学，"他像个大人似的，语气中有无限遗憾，"所有的时间都用在做功课上面，奶奶只准我看半小时卡通，《电子机械人》很精彩。"

我问："周末呢？"

"爸爸来探访我们。"

"那很好呀。"

"可是妈妈你不再与我同住。"平儿说。

我十分激动，"你想念妈妈？"

"自然，起床后不再可以玩一阵然后上学。"他恍若有失。

我问："你还记得那个时候的事？"

"当然记得，后来你为了做事而搬出去住，由奶奶照顾我。"

"奶奶待你不错。"

"我真心觉得奶奶对我好。"

我微笑，真心，这么小的孩子也懂得分真心与假意，我很想冲动地把他一把拥在怀里，但毕竟是生分了，我略一犹豫，便失去机会。

他说："妈妈，请不要结婚。"

"为什么？"

"妈妈一结婚，我想见妈妈，便更加不易。"

"好的，"我说，"妈妈不结婚。"我乐意慷慨，还有什么结婚的机会？

我与平儿的约会，由每星期三次减为两星期一次，通常由平儿主动提出，然后我抛下一切去赴约。

老张说："你爱那孩子是不是？"

我点点头。

"那洋人有没有机会？"

"没有。"

"但是他为我们做的广告计划却一流，你真有办法。"

"他要讨好我，我受不受他的讨好，却又是另外一件事。"

"你若是真想结婚，就该到外头去走走。"

"不去。"

"市面上有什么可能性，你总得调查一下。"

"我不想再结婚。女人结婚超过十年就变得蠢相。笨过一次还不够？刚脱离苦海。"这是实话。

"你应当感激上帝对你的恩宠，使你再世为人。"

我苦笑。

九死一生，我相信我是第十个，通常一般女人遇到这种情形，尸骨无存。

"你那美丽的女儿呢，如果我是波兰斯基，便等她长大，拍摄爱情故事。"

"存心不良。"我吃一惊。

"等她宣布有男朋友的时候，你便知道自己老得快了。"

我不禁摸摸自己的头发，只怕一夜白头。

"子君，你是一个美丽的女人，别担心，美人老了，还是美人。此刻的你比起当初那个失婚而来找消遣做陶瓷的彷徨少妇强了百倍，短短年余间你就站起来了。"

我叹口气。

"三十五岁。"我说,"老张,你以为我能活多久?"

"七十岁,七十岁什么都足够。再贪的人也不能说七十岁不是长寿。"

"即使我能活到七十,老张,我的前半生已经过去了。"

老张默然。

我愤慨地说:"我的前半生可以用数十个中国字速记:结婚生子,遭夫遗弃,然后苦苦挣扎为生。"

"愤怒的中年。"老张说。

"哀乐中年。"我说。

我们大笑。

"你还没有原谅唐晶?"

我一怔。真的,我无意故作大方,但实在想念她,过了几天,特地携着礼物上门。

时间是约好的,我不算是不速之客,但她的公寓却乱成一片。

我问:"装修?"

"不,搬家。"

"哟,今天不方便。"

"是,我本想跟你说,今日搬家,可是又怕你多心,觉得事情过于巧合,不相信我,索性请你来目睹。"

"是要结婚了?"我问。

唐晶飞红双颊,"是。"

"搬到哪儿?"

"搬去与他父母住，然后等证件出来，便移民到澳洲[1]。"

"你要走？"我如遭晴天霹雳。

"是的。"

"到澳洲去干什么？"

"做家庭主妇。"她一边说一边忙着指导工人做事。

小公寓一下子搬得空空的。

"来，"她说，"坐下来慢慢说，那边有他们打点。"

"你放下一切跟他去澳洲？"

"是。"

答案永远简单而肯定，我震惊于唐晶要离我而去，忽然伤心欲绝，怔怔地看着她。

"你怎么了？应替我高兴才是呀。"

我潸潸地流下泪来，只会哭不会说。

"这女人可不是神经病！"唐晶笑，"自己的老公要结婚，她还没有这么伤心呢。"

"别再打趣我。"我说。

她深深叹口气，"子君，你的毛病是永远少不了一个扶持你的人。涓生走掉，你抓住我，现在我要走，你同样伤心。子君，你凡事也分个轻重，这样一贯地天真，叫人如何适应？"

我擦干眼泪，抬起头来，强忍心中悲痛。

"你一下子就忘了我了，你并不需要我们，你看你现在多

---

[1] 即澳大利亚。

独立，你要不断地告诉自己：子君，我不需拐杖，子君，我不需要他们。"

我说："你不会明白的。"

"我知道你重感情，最好我们都生生世世地陪着你，永远不要离开你。"

"是，我怕转变，即使是变得更好，我也害怕。"我说，"难道我不应当害怕？多少个夜晚，我从噩梦中惊醒，叫的仍然是史涓生？"我眼泪淌下来，"什么时候，感情丰富，记念故人也算是错？也许我永远不会活得似一个潇洒的机械人，我没有这种天分。"

唐晶眼睛看着远处，"那不外是因为生活并没有充分折磨你，使你成为机械人。"她轻轻说，"子君，我们就要分手，可否谈些别的？你为什么不问我，我是否快乐？"

我木然问："你快乐吗，唐晶？"

忽然她转过脸，我知道她也哭了。

多年的朋友，我恻然，这般分了手，不知何年何月何日再能相见。

有人闯进门来，是莫家谦，大眼睛炯炯有神，神采飞扬地笑问："怎么都在哭？"

我知道再要说体己话已是不可能的事，唐晶现时的身份是莫家谦太太，耳朵专门听他说话，心专门为他而跳，每一个呼吸为他而做，旁人还能分到什么？

"祝你们永远幸福。"我老土地说。

莫家谦说："谢谢你。"

我原以为即使唐晶与我要分手，也事先要抽出三日三夜来与我诉说衷情，没想到这样便缘分已尽。

"路过澳洲来探访我们。"唐晶说，"我会写信给你。"

就这样。

我生命中另一位最重要的人物离我而去。

九

堕落是愉快的，子君，像一块腐臭的肉等待死亡，倒是不用费劲。子君，你试过往上爬吗？你试试看。

后来张允信说："你也太孩子气。"

我自己也觉得。

"人口流动性大，谁也陪不了你一辈子，趁早培养个人兴趣，老了可以插花钓鱼。"

我呆呆的，一时还未复原。

"别太难过，天下无不散的筵席。身为女人，为另外一个女人如此伤心？没人同情你。"

我不响。

"你受够了？是不是？每个人都离你而去。"他微笑，"宝贝，相信我，现实生活最残酷的一面，你还没有看清楚呢。"

"是，是要到火坑去才看得清楚。"我嘲讽地说。

"也不必，问唐晶就知道了。你出来泡多久？一年。她出来泡多久？十多年。她才真的酸甜苦辣尝遍，你见过什么？给你一根针你都认作棒槌，个把男人对你说过他妻子不了解他，你就以为算有见识了？"

"要不要将我卖到人肉市场？"我没好气。

"堕落是愉快的，子君，像一块腐臭的肉等待死亡，倒是不用费劲。子君，你试过往上爬吗？你试试看，子君，你始终运气太好。"

我颓然，"好好，我没有机会上演《块肉余生记》[1]。"

也许唐晶看穿这世上一切，索性到异乡的小镇去终其余生，倒也是脱离红尘的捷径。

子群走了，她也走了。这些女人都走光了，单我一个活着，再风光又有什么益处，我给谁看呢？

人家都上岸了，我才出来徒手搏击，我什么都比人家慢半拍，真有我的，后知后觉。

"有我，"张允信拍拍胸口，"我总是你忠实的拍档。"

最近做小丑做得闷透，简直想推开窗户，对着窗外大叫，用拳击胸，发出泰山般的呼声。

不知道为什么，每当倦极愁极累极的时候，我便想坐下来哭。

哭真是好，以前小时候一放声哭总有人来搭救，现在哭完了擦干眼泪收拾残局的总还是自己，兵来将挡，水来土掩，直到最后一日，到末日，俺去也，留也留不住，我竟向往那一天。傻了。

因为赶工夫的缘故，双手长期与湿泥接触，渐渐形成一种皮肤病。

我的手指头老脱皮，吃药打针都看不好，我便躁。

---

[1] 即狄更斯小说《大卫·科波菲尔》。

张允信旁观者清，问我："怎么？是阴阳不调呢，抑或小姐脾气又犯，打算不干？"

"别这样说我。"

"忍耐，忍耐。"

我的心自从唐晶离开以后，就不好过。

我愤然道："这样无穷无尽做下去无了期，怎么办？"

"有人写作二十周年纪念，你不知道吗？"

我把头伏在桌子上。

"你倒是很有艺术家脾气。"他冷笑。

我轻易不敢得罪他，这左右我也只剩下他一个朋友。

这一段日子过得特别苍白。

可林钟斯说："活该，我知你闲得慌，偏又这么多挑剔，怎么不同洋人走？"笑。

他老以为我同唐晶有一手，而如今斯人憔悴是为着她结婚去了，要这样说也可以，我确是想念唐晶。

偶然我也受他的引诱，同他出去喝半瓶酒，申诉申诉。渐渐也开始同情子群，洋人好白话，拿得起放得下，且大方，不一定要真正捞便宜，就热心得很，反正不是认真的，洋人看得开。

渐渐我真相信子群的不得已：不是她爱选洋人，而是中国人没挑她，而且一些唐人仔的嘴巴，差点没将她的风流韵事编了一首歌来唱，多么累。

这就是个中秘密，我以前不懂得。

而涓生终于与辜玲玲结婚了。

是母亲来通知我的。

"……他们的意思是，想让平儿做花童，怕你不答应……"母亲许久没跟我通消息，她的声音似蒙着一层蜡，听不出真心假意，但是却透着股实实在在的烦腻，仿佛很不屑做这中间人。我当时在做泥人，电话用下巴夹着，正在试抹双手，一听她那么说，电话筒就变得像铅块般重。

"不可以，"我说，"我不答应。"

"你同他们说去。"母亲说，"我不做此类鲁仲连。"

"好。"我说，"我自己同史涓生说。"

前夫，前夫生的儿女，前夫现任妻子，他现任妻子与她前夫，他们的孩子，将来尚有我前夫与他现任妻子所生的儿女，可能更有我与我现任丈夫的孩子，天底下还有更复杂的事？这种人际关系简直要编号码入档案才行。

我跟史涓生说："这些事与孩子们无关，不要让孩子牵涉在内。"

涓生说："可是如果让平儿参与，他会比较有亲切感。"

"什么亲切感？"我问，"对父亲的婚礼有亲切感？我是个土包子，我办不到四海之内皆兄弟也，你如果有胆子叫平儿任花童，你当心点。"

"好好好，何必这样强硬？"他愤然。

"你们两个人为什么不可以到外国去结婚？现在正流行，干脆神不知鬼不觉，冒充头一次，将以往的事一笔勾销，假装是社会的错：当时年幼无知，行差踏错，为什么不呢？"

"子君，你一张嘴真厉害，以前你不是这样的。"

"以前，以前我任得你搓圆捏扁。"

"你也要守守行为，控制一下，连平儿都知道你同洋人散心。"他忽然反攻。

"那不过是业务上的朋友，你少含血喷人，而且我警告你，不要再把我儿子带进这种旋涡。"

涓生长长叹口气，他搔搔头皮。

我冷眼看他，要做新郎了，但整个人旧垮垮的，一点新意也无，头发很腻，衣服很花，看得出领带是刻意陪衬的，但配得太着痕迹。是他新情人的品位吧。

涓生在这一两年间忽然胖了，许是业务上轨道，再也没有什么要担心的，每日依挂号次序替病人把脉看喉咙，开出同样的方子，不外是伤风喉咙痛，每位七十元。他为什么不胖？坐在那里收钱，以往寒窗十载全属前尘往事，不值一提。

我的思绪扯到老远。

每次见他，总是万分不情愿，见到他，又没有什么恩仇，但精神不能集中，而且找不到话题，一旦把真正题目交代完毕，两个人就干坐。

我忽然发觉史涓生是个非常沉闷的人，比之张允信的诙谐多才，甚至可林钟斯的死缠烂打，涓生都缺乏生气，我们却居然做足十三年夫妻。

要是他现在才来追求我，我会不会嫁他？

许是为了生活安定，但做法不一样，永远没有可能百分之一百诚心诚意了。

他说："……总之，子君，你要结婚便正式再婚，我也可以省下赡养费。"

"你那笔赡养费，这些日子来未曾涨过一个仙，你可知物价飞涨？"

"听说你自己赚得到。"

"靠一双手，咱们这些手作仔，不提也罢。"每次都是我先提出来，"走吧。"

"子君，真没想到你变得如此实事求是，每次我出来见你，都要经过一番吵闹争执，但你——"

"为我吵？"这倒新鲜，"我是被你遗弃的前妻，又不是你新欢，吵什么？"

"女人。"他又叹一口气。

俗不可耐，一辈子才认识两个女人，就做起女性问题专家状。

回到家中，我模拟史涓生叹气，并且说："女人！"俗不可耐，作呕。

最恨以有女人为他争风吃醋为荣的男人。

十三年的夫妻，真奇怪，涓生甚至不是我喜欢的那种男人。为他哭过吵过，现在却烟消云散。

每次见到史涓生，我都睡得特别好。

以前唐晶告诉我，她最常做的噩梦，是梦见穿着睡衣进入会议室，整个房间坐的都是铁甲人，说话的腔调完全似一个模子里倒出来，然后就开始用武器攻击她，将她刺至血肉模糊，倒在地上。

多么可怕的梦，既现实又逼真。

她还算是有资格的，我可没有那么多机械人要忙着对付。

张允信不止一次要我去买几件新衣服，"永远那条破皮裤。"

其实这条破裤曾经一度值四千五，是被《时代周刊》誉为高级"时装建筑师"之纪亚法兰可·法拉[1]的设计，而且曾经一度是白色的，现在就像我一样，尘满面，鬓如霜。

我跑到名店去逛了逛，那里的新女售货员不再认得我。

我坦然地四周游览，觉得再无必要在华服上翻花样，这时有人把我认了出来。

"史太太！"

我转头，"咦，姜太太。"

"好吗？许久不见，史太太。"她拉住我。

我笑笑，"莫再叫我史太太，我离婚足有两年了。"

"哎呀，我也离婚了。"她眼睛红红地说。

我点点头。

"大家都知道我老公外头有人，就瞒我一个，大家好朋友，也不同我说一声。"她抱怨。

我改变话题："看到什么合适的衣服没有？"

"有钱有什么用？抓不住他的人，"姜太太使劲说下去，"你家史医生——"

"我过去那边看看。"我连忙推开她抓住我的手臂，急急走到毛衣柜去挑选。

[1] 即纪安弗兰科·费雷（Gianfranco Ferré），意大利知名服装设计师，受过建筑学的教育，其服装也具有建筑风格，服装结构很时尚。

姜太太没有跟上来，我临走向她点点头。

她的赡养费数目必然比我精彩，她尚有资格逛名店。我双手空空离开，不想再接触到以前生活的角落。

可林钟斯在史涓生结婚那一日指着西报上的启事跟我说："瞧，你前夫结婚了。"

我实在忍不住，"为什么你们什么都知道？到底是谁在做包打听？为何你们对别人的私事这样有兴趣，为啥拿着杯啤酒就开始东家长西家短，怎么有人说就有人听？你们到底有没有人格？我的私事关你们什么事？又犯着你们什么？为什么？"

他咧嘴而笑，"子君，嘿，每个人都离你而去，你的丈夫，你的情人，你的妹妹——"

"闭嘴！"我大吼。

他的一双蓝眼充满笑意，向报上那段启事瞄瞄，同时努努嘴。

"你还知道些什么？"

"你很寂寞，我打算乘虚而入。"

"永无可能。"

"上周出的广告看见没有？喜不喜欢？"

"谁做的？"

"布朗那组人。"

"布朗？"那名字足有三世纪远。

"他尚为你我的气呢，我是没吃羊肉一身臊。"

"你们洋人反正是一身臊。"

"你还能顽抗至几时呢？"

"至我崩溃时，"我狠狠说，"找布朗也不找你！"

"你真厉害。"他吐吐舌头。

我身边有点款项，趁着烦闷没顶，飞赴温哥华见安儿。

在长途电话中听到她的欢呼就已经开心。

她居然来机场接我。

宽然的笑容，健美的身材，不不，安儿不像我，我从来没有这么活泼过。她出于我，但事实上她胜于我。

"倦吗？"她关心孜孜地问我。

我点点头。

"我替你订好酒店房间。怎么，妈妈，仍然是一个人？"

我不响，这小女孩，直情把我当作她的平辈。

"爸爸都结婚了。"

"我怎么同他比？"我苦笑。

"别酸溜溜的，"她笑，"说不定今次旅行有奇遇。"

"遇到谁？"我也笑。

"你最喜欢的男人是谁？"

"《月宫宝盒》里的瓶中巨魔。"

安儿一本正经摇摇头，"他块头太大了。"

我们又笑作一团。

安儿的学校在市区，我随即跟她去参观，舍监很严，访客需要签到，学生才可以在会客室见朋友。

住宿生中有许多外国人，香港学生约占三成，其余就是阿拉伯石油国家的子弟。校中设备极好，泳池、球场、运动室，一应俱备，完全像一个度假营，分明是特为有钱家庭所设的学校。女孩子念无所谓，男生毕业后却不保证可以找到间好的大学。

安儿房中堆满香港出版的书报杂志，《明报周刊》《姊妹画报》。

"哪儿来的？"我皱眉头。

"唐人街买的。"

"太浪费。"我说，"你爹给你许多零用？"

"许多。"她承认。

"他对你倒是慷慨得很。"我略略宽心。

"是呀，他现在的妻子时常同他吵，埋怨他花太多的钱在子女身上，怕宠坏我们。"

"你被宠坏没有？"我笑问。

"当然没有。"

"你没有那么恨你爸了吧。"

"现在我很会拍他马屁呢。"安儿眼中闪过一丝狡猾。

安儿立刻认真地说："妈妈，我对你是真心的。"

毕竟还是孩子，我笑。

我说："你的唐晶阿姨结婚了。"

"她？"安儿诧异，"她那么高的眼角，又三十几岁，她嫁谁？"

"嫁到一个很好很好的男人。"连我都不得不如此承认，"她前半生做事业女性，后半生做家庭主妇。"

"咦，妈妈，跟你刚相反。"

"但是人家先苦后甜，我是先甘后苦，不一样。"

"都一样。妈，我搬来同你住酒店，咱们慢慢聊。"

温哥华是个很沉闷的城市，只有安儿这么年轻的女孩子才会在此生活得津津有味，没到一个星期，我就想回香港。天天都逛这些地方：历史博物馆、广阔的公园、洁净的街道、大百货公司，缓慢的节奏、枯燥的食物，加在一起使我更加寂寞。

如果不是怕伤安儿自尊心，我想飞往纽约去结束我这三个星期的假期。

安儿当然开心，一放学便戴上双护膝在公园踏滚轴溜冰、骑脚踏车。因为长得好，每个人都乐意对她好，她早已成为这个城市的一分子，我不认为她会再回香港居住。

外国的中学生根本没有家课，期中也需要写报告，都是启发学生思考的题目，不必死板板地逐个字背出来，学生时期全属享受，所以年轻人分外活泼自由。

如果安儿此刻在香港，刚读中三，恐怕已经八百度近视，三个家庭教师跟着走，每晚做功课至十二点，动不动便开口闭口考试测验。

我有点感激史涓生当机立断，把安儿送出去，致使她心境广阔，生活健康。所以虽然这是个沉闷的假期，我却过得很平静。

看到安儿这么好，我自身的寂寞苍白算得了什么。

离婚后两年的日子开始更加难受。

以前心中被恨意充塞，做人至少尚有目标，睁大眼睛跳起床便咬牙切齿握紧拳头抱怨命运及社会。

如今连恨也不再恨，一片空虚，傍晚只觉三魂渺渺，七魂游荡，不知何去何从。

那种恐怖不能以笔墨形容，一直忙忙忙、做做做倒也罢了，偏偏又放假，终日把往事取出细细推敲……这种凄清真不是人过的。

发誓以后再也不要放长假。

安儿已经有"男朋友"，十四五岁的女孩在外国早已追逐者成群，安儿自不例外。

那个男孩子大她一两岁，很英俊，家中三代在温哥华落籍，父亲是建筑师，姓关，在当地有点名气，他一共五个兄弟姊妹。

我第一次见到安儿的男友，不知如何称呼，后来结结巴巴，跟安儿称他为"肯尼"，这就是英文名字的好处了，可以没上没下乱叫，叔伯侄甥表亲都可以叫英文名。

肯尼脸上长着小疱疱，上唇角的汗毛有点像小胡髭，眉目相当清秀，一贯的T恤、牛仔裤、球鞋，纯朴可爱，嘴巴中不断嚼一种口香糖，完全不会说粤语，行为举止跟一般洋童一模一样。

他拖着安儿到处去，看电影，打弹子。

我不放心也只得放心。

两个孩子在一起仿佛有无穷无尽的乐趣，他们的青春令我羞杀。

这是真正自由的一代。

想到我自己十六七岁的时候，老母忽然瞎起劲地管教起子群与我来，出去与同学看场七点半的电影总要受她盘问三小时，巴不得那个男生就此娶我为妻，了却她心中大事。对老母来说，女儿是负担，除非嫁掉，另当别论。

在母亲心中，我们穿双高跟鞋就当作沦为坏女人，眼泪鼻涕地攻之击之，务必把我与子群整得跪地求饶，在她檐下讨口饭吃真不容易。也就因这样，子群才早早搬出来住的。

子群如今也大好了，有个自己的家……

不行，这个假再放下去，我几乎要把三岁的往事都扯出来回忆一番。

假期最后的三天，我反而轻松，因为立刻可以回香港为张允信卖命。我看着自己的双手，手指头的皮肤病又可以得到机会复发，又能够希望早上可以多睡数小时，真幸福，我死贱地想：谁需要假期呢？

关肯尼邀请我到他家后园去烧烤野餐。

我不知道说什么好，只得卖安儿的面子答应下来。

原来关家的大屋在维多利亚，一个仙境般的地方，自温哥华搭渡轮过去，约莫两小时。

后园面海，一张大大的绳床，令我思念张允信的家，所不同的是关家园子里开满碗口大的玫瑰花。芳香扑鼻，花瓣如各色丝绒般美艳，我陶醉得很。

我问肯尼："令尊令堂呢？"

肯尼答："我父亲与母亲离婚有七年了，他们不同住。"

"呵。"我还是刚刚晓得，"对不起。"

"没关系，父亲在洛杉矶开会，"他笑，"一时不回来，今天都是我与安儿的朋友。"

我更加啼笑皆非，还以为有同年龄的中年人一起聊，谁知闯到儿童乐园来了。

然而新鲜烤的T骨牛排是这么令人垂涎，我不喝可乐，肯尼居然替我找来矿泉水，我吃得很多，胃部饱胀，心情也跟着满足。

孩子们开响了无线电——

天气这样好，我到绳床躺下，闭上眼睛。

> "噢噢耶耶，我爱你在心口难开。明日比今日更多，噢噢，爱你在心口难开。"

我微笑，爱的泛滥，如果没有爱，就不再有流行曲。

有人同我说："安，移过来些。"是个男人。

他居然伸手在绳床上拍我的屁股。

我连忙睁大眼睛，想跳起来，但身子陷在绳床内，要挣扎起来谈何容易。

"我不是安。"我连忙解说。

那男人亦不是那群孩子之中的一名。

他看清楚我的面孔，道歉："对不起，我以为你是史安儿，长得好像，你是她姐姐？"

我苦笑，"不，我是她母亲。"

他诧异，打量我一下，改用中文，"对不起，打扰你休息。"

"没关系。"我终于自网中站起来。

这位男士三四十岁，一脸英气，粗眉大眼，眉宇间略见风霜，端正的五官有点像肯尼。我心一动，冲口而出地问："你莫非就是肯尼的父亲？"

他摇摇头，"我是他舅舅，敝姓翟。"

"对不起，我搞错了。"

他笑笑。

翟先生的气质是无懈可击的。

气度这样东西无形无质，最最奇怪，但是一接触就能感染得到，翟先生一抬手一举足，其间的优雅矜持大方，就给我一种深刻的印象。

这种印象，我在唐晶的丈夫莫家谦处也曾经得到过。

翟先生比莫家谦又要冷一点点，然又不拒人千里之外。单凭外形，就能叫人产生仰慕之情，况且居移体，养移气，内涵相信也不会差吧。

对一个陌生男人我竟评头品足一番，何来之胆色？由此可知妇女已真的获得解放。

我向他报告自己的姓名。

翟先生并没有趁机和我攀谈，他借故走开，混进人堆去。

我有阵迷茫。

如果我是二十五岁就好了。

不不，如果二十八岁，甚至三十岁都可以。

我是身家清白……也不应如此想，安儿平儿都是我至宝，没有什么不清白的。

虽然有条件的男人多半不会追求一个平凡的中年离婚妇人，但我亦不应对自己的过去抱有歉意。

过去的事，无论如何已属过去。

我呆呆地握着手，看着远处的海。

"嘿。"

我转头，"肯尼。"

他擦擦鼻子，"阿姨，你看上去很寂寞。"坐在我身边。

我笑而不语。

"你仍然年轻，三十余岁算什么呢，"他耸耸肩，"何况你那么漂亮，很多人以为你是安的姐姐。"

"他们说笑话罢了。"我说。

"你为什么郁郁寡欢？"肯尼问道。

"你不会明白。"

他笑，露出雪白的牙齿，"安说这句话是你的口头禅：你不会明白。年轻年老的都不明白？"

他们这一代哪里讲长幼的规矩，有事便絮絮而谈，像平辈一般。

"我舅舅说：那秀丽的女子，果真是小安的妈妈？"

我心一动，低下头，愧意地望自己：头发随意编条辫子、白衬衫、黑裤子。哪里会有人欣赏我？

"阿姨，振作起来。"肯尼说。

"我很好。"

"是，不过谁看不出平静的外表下藏着一颗破碎的心？"

我讶异，这孩子，越说越有意思了。

肯尼说："看看我与小安，我们在一起这么开心，但很可能她嫁的不是我，我娶的亦非她，难道我们就为此愁眉不展？爱情来了会去，去了再来，何必伤怀。"

我心一阵温暖，再微笑。

肯尼说："我知道，你心里又在说，你不会明白。"

过一会儿我问："你舅舅已婚？"

"不，王老五，从来没结过婚。"

"他多大岁数？"

"四十。"

我一怔，"从没结过婚？"看上去不像四十岁，还要年轻点。

肯尼晃晃头，"绝对肯定。"

"他干什么？"

"爸爸的合伙人。"

"建筑师？"

"对。"

我又低头看自己的双手。

"嘿，"肯尼边嚼口香糖边说，"你俩为什么不亲近一下？"

我看看手表，"下午三点，我们要打回程了吧？"

"回去？我们今天不走，"肯尼说，"没有人跟你说过吗？我们一行十四人今夜在这里睡，明天才回温哥华。"

我意外，不过这地方这么幽美，就算三天不回去也无所谓。

"这大屋有七间房间，你可以占一间，余人打地铺睡。"肯尼说。

"安排得很好。"

"对，我舅舅，他叫翟有道，他会说广东话，他在那边准备风帆，你若想出海，他在那边等你。"

这分明是一项邀请。我心活动，一路缓缓跳上喉咙。

肯尼说："你在等什么？"

"我想一想。"

肯尼摇摇头，"小安说得对。"

"她说什么？"

"她说：母亲是个优柔的老式女人，以为三十六是六十三。"这孩子。

肯尼耸耸肩，双手插在口袋中走开。

翟先生邀请我出海呢。

如此风和日丽的好机会，为什么不？多久没见过上条件的男人了。散散心也是好的，我又没有非分之想。在布朗、陈总达及可林钟斯这种男人中周旋过两年，眼光与志气都浅窄起来，直以为自己是他们的同类，女人原都擅势利眼，为什么不答应翟的邀请？

我鼓起勇气站起来，往后车房走去，那处有一条小小木码头，直伸出海去。

翟有道正在缚风帆，见到我点点头，非常大方，像是多年玩伴一般，我先放下心来。

他伸出手接我，我便跳上他的船去。

他的手强壮且温暖。

然后我发觉，我已有多年未曾接触到男人的手了。

这不是心猿意马，这是最实在的感叹。

他并没有再说什么，一扯起帆，松了锚，船便滑出老远。我们来到碧海中央，远处那栋小小的白屋，就像图画一般。

而我们便是画中人。

我躺在窄小的甲板上，伸长脚，看着蓝天白云。做人痛苦多多，所余的欢乐，也不过如此，我真要多多享乐才是。

翟有道是该项运动的能手，他忙得不亦乐乎，一忽儿把舵，一忽儿转风向，任得我一个人观赏风景之余细细打量他。

他有张极俊美的面孔，挺直的鼻梁，浓眉下一双明亮的眼睛，略厚的嘴唇抿得很紧，坚强有力的样子，身材适中，手臂上肌肉发达，孔武有力。

我想：是什么令他一直没有结婚呢？

我或许永远不会知道。

翟有道终于同我说："来，你来掌尾舵，别让它摆动。"

我说："我不会。"真无能。

"太简单了，我来教你。"他说，"船偏左，你就往右移，船偏右，你就把船舵转向左，这只船全靠风力，没有引擎。"

我瞠目，"风向不顺怎么办？"

"那就永远回不去了。"他笑起来露出雪白的牙齿。

我不好意思，便闭上嘴，跑到船尾去掌舵。

很久没有享受这样心无旁骛的乐趣，特别珍惜，带着惨然的感觉。

略一分心，便看到一艘划船成直角地横切过来。

我来不及转舵，大声呼叫："让开，让开！"

划船上有三个人，向我瞪来，并没有动手划开。

我紧张，"要撞船，要撞了！"光会嚷。

翟有道抢过来将船帆自左边转到右边扣上，风一鼓帆，立即避开划船。

我松一口气。

他朝我笑笑，并不多语。

那日回到岸边，我已筋疲力尽。

是夜睡得特别香甜。

玩足半日，我们说话却不超过十句，真算奇事。

第二天一早我自动进厨房替大伙做早餐。

牛奶、麦片、鸡蛋、火腿、吐司、班戟一应俱全，忙得不亦乐乎。安儿与肯尼做我的下手，大伙都乐了，说以后来旅行非把子君阿姨带着不可。

翟有道下楼时年轻人已散得七七八八，我正在清理残局，见到他不知怎的，有点心虚，颇手忙脚乱的。

他微笑说："伙计，还有早餐吗？"

我忙不迭答："有。"

"来一客班戟，一杯咖啡。"

我立刻替他斟上咖啡。

"嗯，很香。"

"新鲜的。"我说。

"你自己吃了没有？"翟有道说。

"我没有吃早餐的习惯。"我说道。

"呵，那不行，不吃早餐，整天没力气。"

我笑，"那么好，我吃火腿双蛋。"

"听他们说，你的手艺还真不坏。"

我将班戟在平底锅中翻一个身，烘成金黄色，香气扑鼻，连大瓶糖酱一起奉上。

"好吃好吃。"他连连赞叹。

我光会瞪着他，有点词穷。平时也颇能言善道，不知怎的，此刻却带点少女情怀，开不了口。

少女情怀，呵呀呵呀，我自家先面孔红了，连耳朵都辣辣地烧起来。

过去的人与事永远不会回来，在清晨的阳光下，我虽然尚未老，也必须承认自己是一个中年妇人。

我坐在翟君对面，缓缓吃着早餐，食而不知其味。

他问我："你有没有工作？"

"有。"我答得飞快，给一口茶呛住了，狂咳起来。

完了，什么仪态都宣告完蛋。

他连忙将纸巾递给我。

我说下去："我与我的师父合作为华特格尔造币厂做工艺品。"

"你是艺术家？"他很欢欣。

我嗫嚅，"不敢当。"

一时间也不便分辩。但我一定要表示身份：我是个自力更生的职业妇女，我不是坐在家中吃赡养费的蛀米虫。

我是要努力给他一个好印象啊，为什么？我从来没有这么在乎过。

对于其他的男人，他们爱怎么想就怎么想，我从来不稀罕。

翟君说："女人最适合做艺术家。"他笑，"基于艺术实需最稳固的经济基础培养，故此男人最好全部当科学家。"

翟有道是一个负责任的男人。

"不过做艺术家也是极艰苦的，不停地练习练习练习。"

我低头看自己的双手，脱皮部分刚有点痊愈。那时候在老张的工作室每日苦干十二小时，暗无天日，今日听了翟君一席话，不禁感动起来。

对于老张，我只觉得他够意思，肯照顾朋友，但对于翟君，我有种唯命是从的感觉。他的每句话听在我耳中，都变成金科玉律。

离婚后我一直最恨人家毫无诚意地问及我的过去。不过对于翟君，我却想倾诉过往的一切。

当然我没有开口，我已经三十多岁，不再是个冲动的孩子。

他吃完早餐，帮手洗碟子，一边说："这种阳光，令白色看起来特别白，黑色看起来特别黑，阳光总是愉快、洁净的。"

我讶异于他的敏感，"你许久没回香港了吧，在那里，火辣的太阳晒足大半年，浑身腻答答的灰与汗，湿度高得难以呼吸。"

"我较喜欢香港的大雨。"

"是的，"我连忙接上去，"白色面筋似的大雨，哗哗地落足一夜，白茫茫一片，什么都在雨声中变得舒坦而遥远，惆怅旧欢如梦。"

"什么？"他转过头来。

我不好意思重复，"没有什么。"

他侧着头想一会儿，"是的，惆怅旧欢如梦。"

他还是听到了。

他的旧欢是什么人？一个像玫瑰般的女郎，伤透他的心，以致他长久不肯结婚？

"你几时回香港？"他问。

我懊恼得不能自禁，"后天。"

"呵，这么快？"意外。

"我在此地已经有两个星期。"

他点点头，没表示什么。

他自然不便留我，我自然也不便自己留下来。萍水相逢，拉拉扯扯做甚。

我说些门面话："现在小安跟肯尼是好朋友，请多关照。"

"那是一定的。"翟有道说。

"他们到哪儿去了？"我转头问道。

"出发玩耍吧。"他说，"你呢，我同你到镇上去游览可好？"

"太好，"我笑，"待我换条裙子。"

他把我带到一所历史博物馆，我们细细观察每一座图腾及标本。翟君不说话的时候面色冷冷的，他每次抽烟都问我是否介意，每次我都说不，而且也不嫌他重复。

他喜黑咖啡，一杯接一杯，有许多洋人的习惯，然而脸上始终有一股中国人的矜持。

噢，我真喜欢他。

最后，我们参观纪念品小商店，我看中印第安人手制的金手镯，套在腕上，爱不释手，不想除下，但标价三百余美元，我手上没有这许多钱。

翟君一言不发，开了张支票，然后说："走吧。"

十

我把前半生用来结婚生子，
唐晶则把时间用来奋斗创业，
然后下半生互相调转，各适其适。

"回香港我立刻把款项寄返。"

我从来没有这么感激过。

他笑。

在玫瑰园中，他为我拍下许多照片。

"这个花园像仙境。"我叹道，"住在这里怎么会老呢？"

三年来我的心怀第一次开放。

他只是笑笑，没有回答。

我忽然又脸红了。我期望他说什么？

"——那么留下来不要走吧？"太荒谬了。

他即使说这样的话我又怎样呢？

天色近黄昏时我们才回到大屋。

安儿一见我松口气，她转头对肯尼说："她终于回来了。"又朝我道，"妈妈，他们成班人都已回温哥华。你是与翟叔叔逛去的吗？咱们只好搭最后一班船。"

我不大好意思，居然玩得超时，讪讪地站在那里，不知说什么才好。

翟君大方说："我送你们到码头去。"

安儿说："翟叔索性送我们回温哥华。"

他说："恐怕不行，明天一早我有个极重要的约会。"

我很留神听。他声音中没有歉意，也没有惋惜。

安儿把我的旅行袋递过来，"已替你收拾好。"

我们母女俩坐在后座，由翟君送到码头。

他照例很沉默。

肯尼与安儿一路上猜谜语、吃巧克力、拍掌，非常热闹。

我的座位对牢翟君的后脑。他的头发有一两成白，并没白在鬓角，但杂得很自然，像……像银狐。

我有一件银狐大衣，因是重毛，很少穿，骤眼看就是这样子：黑色的毛，枪毛尖上一小截白色，像是玄狐上沾着雪，非常浪漫，这正是我喜欢银狐的原因。

我微笑。

翟君的头发像银狐。

安儿问："妈妈你笑什么？"

我连忙收敛一下，"我没有笑呀。"

"你明明笑了。"

"呵，我玩得很开心。"

"你与翟叔到哪儿去了？"

"博物馆与花园。"

"嘿，多闷！"安儿打趣我，顺带偷偷看翟君一眼。

到了码头，肯尼与安儿热烈拥别，他们要分别三天呢。对两个孩子来说，三天简直长过一个世纪。

翟君在夕阳下同我说再见。

他真是惜字如金，轻易不开口。

上了船安儿马上把话题钉住我。

"你觉得翟叔怎么样？"

我顾左右而言他，"船上有电子游戏机，快去瞧瞧有无《太空火鸟》，我最喜欢这个游戏。"

安儿说："翟叔这个人什么都好，就是有一个缺点。"

"什么缺点？"我忍不住问。

"他喜怒不形于色，你根本不知他心里想什么，面孔上一点表情都没有，"安儿学翟君板起面孔，"连眼睛里都不露情感。"

说得很是，我开始佩服我的女儿，十多岁就观察力丰富。

"你们玩得那么高兴，有没有定下以后的约会？"

我非常懊恼，"没有。"

"哎哟，妈妈，你没有打蛇随棍上？"安儿很吃惊。

"叫我怎么上呢？"我小声说，"我明天都回香港了。"

"唉，早知一抵步就给你们介绍——也不行，那时他在三藩市[1]。"

母女俩沉默半晌。

"你喜欢翟叔？"

"喜欢。"我也不怕照实说，反正在外国一切依外国规矩。

"我与肯尼都怕你嫌他闷，翟叔一天不说三句话。"

---

[1] 即旧金山（San Francisco）。

"他对我倒是说了不少。"

"你以为他可喜欢你?"

"嗯,不讨厌我。"

"真的没有约好将来见?"

我很怅惘,"隔十万八千里,如何相见?"

安儿也不再说什么。

第二天我就上飞机了。

在机场我也没有故意张望,失望是必然的,我难道还祈望他送我不成。

安儿向我挥手,"妈妈,有空再来。"

我点点头。

"别失望,"安儿说,"也许他会寄照片给你,你就可以趁机同他通信的。"

我苦笑。"再见,安儿,别为我担心。"

我在飞机上睡不着,大叹运气欠佳,整整两个星期,偏偏到假期临终时才遇着翟君,否则也多享受数天,我转动着腕上的印第安手镯。

回到香港启德,刚下飞机,一阵燠热的空气袭上面孔,害得人透不过气来。正下大雨呢,真的面筋似的粗,白茫茫的。我没有带伞,挽着行李站在人龙中等计程车。

人气一焗,身前身后传来阵阵怪味,都是疲倦的面孔。在狭窄的机舱内热了十多小时,也没有机会洗脸漱口,任何美人都经不过此役。

以前与史涓生出外旅行,一出飞机场司机、老妈子都在外伺候，急急挽了行李飞车回家。

现在轮候街车，待遇一落千丈，然而令我连珠叫苦的倒还不是这个细节，轮车子有什么妨碍？终究轮得到的。所真正折磨我的是无边无涯的寂寞，以前那个温暖的家不复存在，心底的安全感灰飞烟灭。

我再也不会有一个家了。

檐下的雨水飞溅了我一身，我没有闪避，人们以诧异的眼光看我，一定觉得这个女人很傻。

我终于在喧嚷中上了计程车。

"美孚。"我松一口气。

总算挨到家。

开着热水龙头"哗哗"地放满浴缸，我摇电话给张允信。

老张"喂"的一声，我鼻子发酸，恍如隔世。

"老张，听见你的声音真好。"

"子君，你回来了？"他诧异，"好忧郁的一把嗓子。"

我说："老张，过来陪我说说话。"

"刚度完假，怎么精神萎靡？"

我说："我也不知道。"

"是否见人双双对对，触景伤情？"

"是的。"我胡乱应他。

"好好睡一觉，咱们明天见，你应该累得半死了。"

我唯唯诺诺，也不再勉强他。张允信没有义务照顾我的情绪，他不是社会工作者。

泡在热水中，我的情绪稳定一点了。

对这个突然而来的低潮，自己也吃惊。

浴后身体几乎累得虚脱，掀开熟悉的被窝，躺下去，也就不省人事了。

第二天电话铃不住地响，我睁开眼睛，看到闹钟，是十一点四十分。我还以为电子钟停了，没理由睡得这么死。但是取过话筒，张允信的声音传来。

"子君，你睡得那么死，吓坏人，我还以为你一时想不开，寻了短见，直担心一个晚上。"

老好人张允信。

"没这么容易。"我闷纳地说。

"出来吧，"他说，"我在作坊等你。"

我套上粗布裤衬衫出门，发觉香港那著名的夏季已经来临，时间过得这么快。

驾大半小时的车子到郊外，一路上听汽车无线电播放靡靡之音。

前程不是很好吗？我同自己说，我身体不是很健康吗？生活不是全不成问题吗？

老张在门口等我。

他家开着幽幽的冷气，我的精神为之一爽。

他看我一眼，"你有心事，子君。"

"我一直有心事。"

"不对，你早已克服前一段不愉快的婚姻，你也算得是个乐天派。来，告诉我，为什么度假回来忽然忧心忡忡。"

"老张，"我的苦水若河水决堤，"我再也没有吸引力，没有人把我当女人，我的一生完蛋了。"

老张愕然，"你不是早已接受这个事实了吗？张三李四要把你当女人来看待，你还不愿意呢。"

我不响。

老张忽然如醍醐灌顶，明白过来，"子君，你看上了某一个男人，是不是？"

"呃——"

"而他无啥表示，是不是？"老张说。

我来个默认。

"子君，你又恋爱了？"他大吃一惊。

"胡说，"我抗议，"我从来没有恋爱过。"

"你与你前夫呢？"

"那时年纪轻，倚赖性大，但凡有人肯照顾我，就嫁过去，什么叫恋爱？"

老张摇摇头，"爱过又不是羞耻，何必否认，当然你曾经爱过你前夫。"

我嘲弄地说："你比我更清楚我自己？"

"旁观者清。"

我把头伏在桌子上。

"子君，你已经三十多岁，憩憩吧，多多保重，谈恋爱可是九死一生的玩意儿。"

"我并没有恋爱。"

"长嗟短叹的，还说不是在恋爱？"

我笑出来，"瞧你乐得那样子。"

"子君，你现在也挣扎得上岸了，凡事当心点，女人谈恋爱往往一只脚踏在棺材里，危险得很，你当心被打入十八层痛苦深渊。"

"我不会的，我非常自爱，又非常胆小。"

"那个男人是谁？"

"什么男人？"

"子君，以咱们的交情，你少在我跟前耍花枪。"

"那男人？呵，那男人，他呀，噢，他呀——"

"子君，你太滑稽了。"

"他才与我见过三两次面，是在温哥华认识的。"

"人呢？"

"咦，留在温哥华呀。"

"啊，那你还有一丝生机，子君。"他悲天悯人的语气。

"那时我也不希望唐晶嫁人。"我会心微笑。

张说："唐晶？她自然应当结婚，人家懂得控制场面。你？你懂什么？你根本不会应付人际关系，而婚姻正是最复杂的一环关系。"

"你放心。"我怅惘地说，"我再也不会有机会进入试炼。"

"女人！"老张摇头晃脑。

"有啥好消息没有？"

"有，华特格尔邀我们设计新的套装瓷器。"

"我脑筋快生锈了。"

"是吗？你的脑筋以前不锈吗？"

"少冷嘲热讽的。"

"快想呀。"

"你倒说说看，还有什么是没做过的？"

"你动脑筋，看来他们只需要小巧、讨好、秀气、漂亮的小摆设，精致美观特别，但不需要艺术味太重。"他停一停，"由你来指挥最好。"

我好气又好笑，"等到有人要大气磅礴的作品，才由师父你出马是不是？"

"真正的艺术品找谁买？"他苦笑，"你师父只好喝西北风。"

我拾起一块泥巴在手中搓捏。

"小安怎么样？"老张问。

"老张，不是夸口，你见到她就知道，波姬·小丝顶多是排第二名呀。"

老张笑吟吟的，"癞痢头的儿子尚且是也许自家的好。"

"咄！"

"儿子呢？"

"明天去看他。"

"你对这儿子不大热衷。"老张说。

"这小子……"我想起平儿永恒的傻乎乎模样，他会看小说呢，少不更事，"有点怕上以前的家，他祖母又不放心他外出见我，所以益发疏远。"

我将泥捏成一团云的模样，又制造一连串雨点，涂上蓝釉，送进烤炉。

"你做什么？"老张瞪目。

"昨天下大雨，"我说，"我做一块雨云，穿起绳子，当项链戴上。"

"你返老还童了。"

"我还没七老八十，夏天穿件白衣，戴件自制的首饰，不知多好。"我洗干净手。

我准备离开。

"子君——"他叫住我。

我转头。

"如果你真看中那小子，写信给他。"

我一怔，很感动于他对我的关怀，随即凄然。隔很久我说："写信？我不懂这些。凡事不可强求，有就是有，没有就是没有，你让我争取？我不会，我干脆躺下算了，我懒。"

"无可救药的宿命论。"

我笑笑，离开。

回到家自信箱跌出一封唐晶的信。

我大喜。

在电梯里就迫不及待地拆开看。

她这样写："子君吾友如见：婚后生活不堪一提，婚姻犹如黑社会，没有加入的人总不知其可怕，一旦加入又不敢道出它可怕之处，故此内幕永不为外人所知……"

我笑得眼泪都挤出来。

"听各友人说道，你的近况甚好，我心大慰。莫家谦（我的丈夫）说：美丽的女人永无困境，果然不错，你目前俨然是一个有作品的艺术家，失敬，失敬……"

我汗颜，开门斟了杯冰啤酒坐下细读。

"我们第一个孩子将于年底出生。"

哗。

我震惊，女人始终是女人，连唐晶都开始加入生产行列，所以，我说不出话来，什么评论都没有。

"生命无疑是一个幻觉，但正如老舍的祥子所说：与众不同是行不通的。我等候欣赏我孩子移动胖胖的短腿在室内到处逛之奇异景象。"

我想到平儿小时的种种趣迹，不禁神移。

"……以前吵架，你常常说：罚你下半世到天不吐[1]去。没想到一语成谶，我们不知是否尚有见面的机会。"

我又被逼得笑出来，唐晶那些惊人的幽默感，真有她那一套。

"你如果有好的对象，"正题目来了，"不妨考虑再婚，对于离婚妇人一词，不必耿耿于怀，爱你的人，始终还是爱你的，祝好，有空来信。附上彩照一帧，代表千言万语。友唐晶。"

照片中的唐晶将头发扎条马尾，盘膝坐在他们的客厅中。当然屋子的陈设一流现代化，舒服可观，但生活一定是沉闷的。

不过在万花筒中生活那么久，目驰神移之际，有一个大改变，沉寂一下，想必非常幸福。

---

[1] 即 Tombouctou，现名通布图，非洲马里共和国历史名城。

唐晶怀孩子了!

多么骇人的消息。

我把前半生用来结婚生子,唐晶则把时间用来奋斗创业,然后下半生互相掉转,各适其适。嘿!

还是以前的女人容易做呢,一辈子坐在屋里大眼对小眼,瞪着盘海棠花吟几句诗可以过一辈子。

现代女人的一生变得又长又臭,过极过不完,个个成了老不死,四五十岁的老太太还袒胸露背地露肉穿低胸晚装,因受地心吸力影响,腮上的肉,颈上的肉,膀子、胸部、胳肢窝上的肉,没有一点站得稳,全部往下坠,为什么?因为生命太长太无聊,你不能不让四十的女人得些卑微的、自欺欺人的快乐,自有人慈善地、好心地派她一枝花。

什么花?千年成精的塑胶花?

像我,我自嘲地想:女儿跟我一样高,居然还有人劝我嫁。

一直这样活下去真会变成妖精。

这是医学昌明所累。我忽然大笑起来。

去探平儿,他见到我很高兴。

"爸爸结婚了。"他向我报告。

"我知道。"

他祖母同我说:"你放心,我同涓生说,你又不是花不起,在外头搬开住,别骚扰我们。"

"我有什么不放心的?"老太太是一片好心,也未免是多疑点。

"后来涓生将她的油瓶赶到她前夫家去，现在他们只两人住。"

油瓶。这个名称源起何处？

我悚然心惊，倘若我再婚，平安两儿就成为油瓶？

孩子们何罪，这真是封建社会最不人道的称呼。

"子君，你现在不错呀，有工作有寄托。"

我唯唯诺诺。

"涓生同她也时时吵架。"老太太停一停，"我便同涓生讲，这不是活该吗？还不是一样。"

我诙谐地说："也许吵的题目不一样。"

老太太瞪傻了眼。

过一会儿她说："你没有对象吧？"

我不知如何回答，这不是一种关怀，她只是对前任媳妇可能再婚有种恐惧。

我说："没有。"

她松口气，"婚呢，结过一次也就算了，男人都是一样的，为了孩子，再嫁也没有什么味道。"

我莞尔，敢情史家的长辈想我守一辈子的活寡，还打算替我立贞节牌坊呢。

我不说话。

"嫁得不好，连累孩子，你说是不是？"老太太带试探地说。

我忍不住问："若嫁得好呢？"

老太太一怔，干笑数声，"子君，你都是望四十的人了，择偶条件受限制不在话下……"

说得也是，有条件的男人为什么不娶二十岁的玉女呢？

我笑笑叹口气，"你放心，我不会连累孩子的名声。"

"子君，我早知你是个恩怨分明的人。"老太太赞扬我。

我也不觉是遭了侮辱，也许已经习惯，没有什么是不能忍受的。

"那么上次听谁说的那个外国人的事，是没有的了？"老太太终于说到正题上去。

"谁说的？"我真想知道。

"涓生。"

我心平气和地答："没有的事。外国人，怎么可以。"

"可是你妹妹嫁的是外国人。"老太太真有查根究底的耐心。

她是看定了我不会翻脸。

"各人的观感不一样。"我仍然非常温和。

她又赞道："我早知你与众不同。"

这老太太也真有一套。

"子君，我不会亏待你，尽管你搬了出去，你仍是我孙儿的母亲，我手头上还有几件首饰，待那日……我不会漏掉你那一份。"

我点点头，这也好算是饵？她希望我上钩，永远不要替平儿找个后父。感觉上她儿子娶十个妻子不打紧，媳妇有情人或是丈夫，未免大煞风景。

老太也许为此失眠呢。

"亲家母还好吧？"她问我。

"我的妈？"许久没见，"还好。"

"她常常为你担心。"

我想说：是吗？我怎么不知道？自然没出口，有苦也不在这种场合诉。

"她很为这件事痛心。"

我扯开去，"平儿还乖吧？与奶奶相依为命，应该很幸福。"

"这孩子真纯，"老太眉飞色舞，"越来越似涓生小时候，放学也不出去野，光看小说，功课虽不是顶尖，有那么六七十分，我也心满意足，涓生不知有多疼他。"

"小心宠坏！"

"一日那女人与涓生一起来，平儿吃完饭便要吃冰激凌，那女人说一句'当心坏肚子'，涓生便说：'不关你事。'她好没面子，顿时讪讪的。"

"她或许打算同涓生养孩子，"我笑说，"你就不止平儿一个孙儿了。"

"咄，她不是早生过两个，还生，真有兴趣。"

"孩子都一样好玩。"

"真的还生？"老太心思活动起来。

我用手撑着头，"我不知道，报纸娱乐版是这么说，史涓生医生可是娱记心目中的大红人。"

"不可靠吧。"老太太居然与我推测起来。

而我竟也陪着她有一搭没一搭地聊下去。

真可怕，人是有感情的。任何人相处久了，都会产生异样的情绪，就像我与史老太太一样。

我看看手表，"我要走了。"

一边的平儿正在埋头画图画，听到我要走，眉毛角都不抬，他这种满不在乎的神情，也像足涓生。

"亲家太太说，有空叫你同她通个消息。"

我诧异，她在人前装得这么可怜干什么？这些年来，踩她的不是我，救济她的也不是我。

我问："她为什么不打电话给我？"

"她说你那个脾气呀，谁都知道。"

我不怒反笑，"我的脾气？我有什么脾气？"

老太太迟疑说："那我就不知道了。"

离开史家的时候我特别闷纳，谁说我贬我都不打紧，节骨眼上我亲生老母竟然跑到不相干的人前去诉苦，这点我就想不通。我也晓得自家正在发酵阶段，霉斑点点，为着避她的势利锋，八百年不见一次面，然而还是不放过我，这种情理以外的是非实难忍受。

回到家，气得很，抓本小说看。

唐晶同我说："子君，《红楼梦》看得四五成熟，可去买本线装《聊斋志异》。"

真的，明天就去买。

我目前的生活不坏呀，可是传统上来说，女人嫁不到好老公，居然还自认过得不坏，那就是有毛病，独身女人有什么资格言快乐？装得再自然亦不外是此地无银三百两，传统真恨死人。

我看的一本科幻小说是老好人卫斯理的著作。

他说道他"看见了自己"。

自己的另一面，他的负面。连自身都不认识的一面，像月球的背面，永不为人知，突然暴露出来，吓得他魂不附体。

这是精神分裂的前奏，有两个自己，做着全然不同的事，有着绝对相异的性格。

看得眼困，我睡着了。

红日炎炎之下，居然做起梦来。

梦见自己走进一间华厦，听到其中一间房间中有人在哭泣，声音好不熟悉，房间并没上锁，虚掩着，不知怎的，我伸手轻轻将门推开，看到室内的情境。

一个女人独自蹲在角落，脸色憔悴，半掩着脸，正在哀哀痛哭。

看清楚她的容貌，我惊得浑身发抖，血液凝固，这不是我自己吗？细细的过时瓜子脸，大眼睛，微秃的鼻子，略肿的嘴巴，这正是我自己。

我为什么会坐在这里哭？

我不是已经克服了一切困难？

我不是又一次地站起来了？比以前更强健更神气。

我不是以事实证明我可以生存下去？

然则我为什么会坐在此地哭？

这种哭声听了令人心酸，是绝望、受伤、滴血、临终时的哀哭，这是我吗？

这是真正的我吗?

我也哭了。

因为我看清楚了自己。我并没有痊愈,我今生今世都得带着这个伤口活下去,我失望、伤心、自惭,只是平日无论白天黑夜,我都控制得很好,使自己相信事情都已经过去,一笔勾销,直到我看到了自己。

像卫斯理一般,我看到了自己。

电话铃狂响,把我自梦中唤醒。

睁开眼,我感觉到一身是汗,一本小说压在我胸前,我压着了。

以后再也不敢看这种令人精神恍惚的小说。

我没有去接电话,到浴间撒爽身粉在脖子上抹均匀,呆呆地坐在沙发上。

梦境仍然很清楚。

玉颜憔悴三年,谁复商量管弦。

我拾起沙发上的一把扇子,扔到墙角。"团扇,团扇,美人病来遮面。玉颜憔悴三年,谁复商量管弦。弦管,弦管,春草昭阳路断。"[1]

再谦厚的女人,在心底也永远把自己当作美人吧。

电话铃又响了。

我拿起话筒。

"姐?"

---

[1] 出自唐代诗人王建作品《宫中调笑》。

"子群！"

"你在干吗？淋浴？我已经打过一次来。"

"你们俩蜜月可愉快？"我问。

"还好。"她笑说，"他对我呵护备至。"

"恭喜恭喜。"

"姐，听妈妈说你干得有声有色，喂，又抖起来了？"

"我从来没有发过抖，我从来不会少穿外套。"

"姐，你现在也有一点幽默感。我做了红酒烩鸡，你上来吃好不好？"

"红酒烩鸡？受不了，几时学的烹饪术？"

"在酒店做那么久，看也看会了。"

"也好，我洗把脸就上来。"我问，"妹夫呢？"

"老头子下班要开会。"子群说道。

"叫他老头子？"我说。

"他不是老头子是什么？自己抢先叫，别人就不好意思叫。"

"对，自嘲是保护自己的最佳方法之一。"

她仿佛一怔，"姐，你是越来越有意思了。"

"唉，不经一事，不长一智，不吃亏，不学乖的。"

"那么乖人，我等你来。"

我开车兜足十个八个圈子才找到子群的新居，一列都是高级大班的宿舍，他们住在十二楼。

她站在门口等我，迎我入内。

房子宽大清爽，二千多呎，家具用藤器，洋人喜欢这东方情调，我则老觉得藤椅子应当搁露台或泳池旁。

子群招呼我坐。

她说："如果是自己的房子就好了。"

我说："天下没有十全十美的事。"

她说："听说现在涓生的收入非常好，客似云来，一个月除出开销，净收入十万八万。"

"那是税务局的烦恼。"

"姐真是拿得起放得下。"

"我拿不起，放不下，行吗？"

"真干脆！"子群鼓掌。

"有的栖身便算了，"我巡着这间宽大的公寓，"过得一日，便受用一日，外国人对你好，你又不必再在外奔波，从此退出江湖，休息一阵再说。"

子群点着头。

我叹一口气。

子群匆匆忙忙在厨房进进出出，一会儿端出番红花香米饭及一味红酒鸡，另有新鲜沙拉，我们姐妹俩相对大嚼。

"你呢，"她问，"你以后打算怎么过？"

"水到渠成，"我不假思索，"一直向前走，碰到什么是什么。"我说。

"我们每人只能活一次，这也不算是消极的想法，我没有什么打算。"我说。

子群沉默良久，再问："你快乐吗？"

我郑重地答道："我不算不快乐。"

"姐，你真是脱胎换骨，以往跟涓生的时候，你连谈话的窍门都没有，没有人能够同你沟通。"

我苦笑："真的那么糟？"

"不错，就那么糟。"

我们相视而笑。

外国人提早回来，粉红色的面孔，圣诞老人似的肚皮，金色毛茸茸的手臂，也真亏子群能够委身下嫁。

我挽起手袋要走，外国人斟出威士忌，一定要留我再谈，我费九牛二虎之力总算脱身。

子群失望地送我下楼。

又下雨了。

我们在车旁又说了几句体贴话。

"你始终对洋人有偏见。"

我担心地问："外国人知道吗？"

"他哪里晓得？他以为你害羞，他称你为'那美丽而害羞的姐姐'。"

"那就好。"我点点头。

子群转过脸，忽然静静地问："姐，你认为我这种结局，也并不太理想吧？"声音有点空洞。

我小心翼翼地答："谁能够理想地过生活？我？唐晶？只要你心中满足，不必与别人的标准比。"

她似乎满意了。

我开动小车子离开。

番红花饭塞在胃中，开始胃痛。

唉，千疮百孔的生活。幸而孩子们不知道在他们面前的是什么，否则，哭都哭死了。

家门口放着束丁香，卡片上写："你回来了，也不通知我，来访又不遇，痴心人可林钟斯——假如你还记得我是谁的话。"

我笑。

这倒也好，可林钟斯如能够把占有欲升华成笑话，我们或许可以成为老友。

我即刻去电联络。

他居然在家。

"在干什么？"

"思念你，同时听柴可夫斯基钢琴协奏曲第五号C大调。"

我说："任何古典音乐听在我的双耳中都似刮铁声，我受不了。"

"牛。"

"你找这头牛干吗，有何贵干？"

"你到什么地方去了？"

"妹妹蜜月回来，去探访她。"

"嫁英国老头那个？"

"嗯。"我叹口气，"嫁你也罢了，偏又嫁个老头，腹上的脂肪犹如怀胎十月。"

可林冷笑，"嫁我？你别以为我人尽可妻，你去打听打听，我可林钟斯可有逢唐人妹都追一番。"

"原来你特别给我面子。"我笑。

"中国女人也坏呀，我如果随随便便的，叫人缠上了，也还不是脱不了身，如今想入外国籍的女人可不少。"

"别把人看扁了。"我气不过。

"只除掉你。子君，别的唐人女都妄想侧侧身打门缝处挤进我公寓睡房的门。"

"你发痴嚼蛆。"

"子君，我待你的心，可昭日月。"

"日月没有那么有空。"我撇撇嘴。

"我有空？我忙得要死。"

"你算忙？不过做些投机讨好公关联络广告，算忙？人家悬壶济世，起高楼大厦的岂非不用睡觉？"

他沉不住气，"得了！谁不知你的前夫是个医生，至今还念念不忘。"我不禁想起翟君，他可没说过他忙。尽是些小男人大叹分身乏术，永远如此讽刺，写字楼坐在一角的文员一向认为他是社会栋梁。

"——但是谁又盖高楼大厦？"可林钟斯倒是很敏感。

十一

他是为我而来？不不，不可能，一切应在机缘巧合，他到了回家的时候，我偏偏又在这里，他在此地没有熟人，我们名正言顺地熟络起来。

"没有人，打个比喻。"我立刻否认。

"你认识了哪个地产界要人？"

"李嘉诚。"我笑。

他马上释疑。

我说："可林，我不是狗咬吕洞宾，不识好人心，可林，我们原可成为一对挚友。"

他沉默一会儿，"我现在也没有侵犯你。我甚至没碰过你的手，我已经开始四个中国化了：拥有一大堆不同用途的女朋友——谈心的交心，跳舞的一起疯狂，上床的尽讲性欲。"

"要死。"我笑骂。

"子君，说实的，如果我们之间没有希望，我也希望把关系转淡了。"

淡？如何淡法？我紧张一阵子。与他说说笑笑已成习惯，一旦少这么个人倒也恍然若失。

我原来是个最自私的女人。

"你要不要出来谈？"他问，"电话筒开始发烫。"

"你打算怎么样？"

"烛光晚餐。"

"不，你的意思是要同我绝交？"

"你不能不付出任何代价而一生一世钓住我，是不是？"

"快说清楚。"

"我将要调回祖家。"

我冷笑一声，"黔驴之技，你们这些洋人，一想扔中国女人就说要调回祖家，为着事业如何如何，然后两个月后还不是出现在中环的酒吧，只不过身边换个人。咄！你哄老娘，没这么容易。"

"我并没有哄你，我现在就向你求婚。"

"我不嫁洋人。"

"子君你今年三十六？你别以为机会满天飞，年年有人向你求婚，我是说求婚。"

可林钟斯强调说："这可能是你最后一次。"

"我不介意，"我倔强说，"我决不嫁洋人。"

"洋人不是人？你这头蠢猪！"

我不嫁洋人，决不。情愿一辈子孤独，这一点点的骄傲与自尊必须维持。

我不同子群，我还得对平安两儿负责。

"大家说再见吧。"

他沉默很久，然后说："在电话里说再见？绝交也依赖科学？"

"对不起，可林。"

"铁石心肠。"

我苦笑。

"你会想念我的，"他诅咒地说，"你会想念我这个君子。"

我摇摇头笑，他自称君子，如此说来，涓生还好算是圣人——脱离夫妻关系之后还关照我的衣食住行。

"谁也不知道你在等什么，祝你等到癞蛤蟆。"

我抗议："也许一个吻可以把他转为一个王子。"

可林沉默一分钟，"不要再找我。"他终于挂上电话。

太现实，刚说完我爱你就开始侮辱人。从头到尾我其实未曾主动与他联络过，但如今水洗不清了吧。

我一笑置之。

跑了，都跑了。

连这个"男朋友"都走掉。

我得紧紧抓住我的工作，连工作这个大锚都失去，我会立刻变成无主孤魂。

周末我到老张处，他已将我做的那团"云"搁在窗台。我用线将"雨点"穿起，钉在"云"下，正在比画，楼上的房门打开，一个猥琐的年轻男人自楼梯蹿下，匆忙间还向我上下打量一番。

我顿时反胃，乌云满面，准备好演讲辞腹稿。

没一会儿老张下来。

我鄙夷地说："张允信，吃饭的地方不拉屎。"

他沉默很久，脸上满是阴云，我知道把话说重了。

"何必把这种人往家中带？"还想以熟卖熟地补救。

"这是我的私生活。"

"我很替你可惜。"

他抬起头来，很讽刺地看我，"你是谁？老几？代我可惜？"

"老张，我真是为你好，你迟早要被这些下三烂利用，你也总得有选择。"我的气上来。

"完了没有？这到底还是我自己的家，你有什么资格上我家来指名侮辱我？"

"张允信，你根本不受忠告。"

"然，你想怎么样？"他像只遇到敌人的猫，浑身的毛都竖起来戒备。

"你是不是要我走？"我的心情也不大好。

"你别以为我这档子生意没你不行。"他说。

他这样说，我很震惊，话都说出口了，我很难下台，于是摆摆手，"别扯开去好不好？生意管生意。"我马上退一步来委曲求全。

我取过外套手袋，把我那块云状饰物塞进口袋，"我走了。"我说道。

出了门口，我非常后悔，怎么还是这么天真？错只错在我自己，把张允信当作兄弟般，朋友之间最重要的是保持距离，我干吗要苦口婆心地干涉他的私生活。我太轻率，太自以为是，活该下不了台。

每个人都有一个弱点，一处铁门，一个伤口，我竟这般不懂事，偏偏去触动它，简直活得不耐烦。子君子君，你要学的多着呢，别以为老好人张允信可以捏圆搓扁，嘻嘻哈哈，面具一旦除下，还不是一样狰狞，也许他应当比我更加怒恼，因为我逼他暴露真面目——老张一直掩饰得非常好。

一整晚我辗转反侧，为自己的愚昧伤感。

我还以为我已经快要得道成精了呢，差远了。

人际关系这一门科学永远没有学成毕业的一日，每天都似投身于砂石中，缓缓磨动，皮破血流之余所积得的宝贵经验便是一般人口中的圆滑。

我在什么时候才会炼得炉火纯青呢？

跟着史涓生的时候，根本不需要懂得这门学问，现在稍有差池，立刻一失足成千古恨。

张允信拿生意来要挟我。当时如果拍桌子大骂出门走掉，自然是维持了自己的原则，出尽一口乌气。

但是以后怎么办？我又该做些什么？

我再也不愿意回到任何肮脏的办公室去对牢那群贩夫走卒。

一时的嘴快引出这种危机，现在再与老张合作下去，会叫他瞧不起，我怎么办呢？

蓦然想起唐晶以前向我说过："工作上最大污点不是做错事，而是与同事反目。"

我竟犯下这个错，焉得不心灰意冷。

若与老张拆伙，我租不起那么大的地方辟作工场，亦买不起必需的工具。况且我只有点小聪明，至今连运用烤箱的常识都没有。

　　每个人都赞子君离婚之后闯出新局面，说得多了，连我自己都相信了。什么新局面？人们对我要求太低，原以为我会自杀，或是饿死，居然两件事都没有预期发生，便算新局面？

　　我一夜未眠。

　　我倒情愿自己是以前的子君，浑浑噩噩做人，有什么事"涓生涓生"大喊，或是痛哭一场，烟消云散。我足足一夜没睡。

　　清晨喝黑咖啡，坐窗前，一片寂寥，雨终于停了，我心却长有云雨，于是把那条自制饰物悬胸，电话响。

　　是老张，听到他主动打来的电话，不禁心头放下一块大石，血脉也流动起来。

　　他若无其事地说："今天与造币厂的人开会，我提醒你一声。"

　　"我记得。"我亦装作什么都没发生过。

　　"一会儿见。"

　　"我什么也没有准备。"

　　"没关系，我有些图样。"

　　"再见。"我说。

　　老张尚需要我，我松口气，我尚有利用价值。

　　以前与史涓生在一起，如果抱着这般战战兢兢的态度，恐怕我俩可以白头偕老吧？

　　我忽然狂笑起来。

还是忘不了史涓生。

造币厂代表换了新人，老先生老太太不在场，我有点心虚，紧随着张允信。

碰巧我们两个都穿白色，他们则全体深色衣饰，仿佛是要开展一场邪恶对正义的大战。

我痛恨开会，说话舌头打结，老是有种妄想：如果我不开口，这班讨厌的人是否会自地球表面上消失？

张允信出示许多图片给主席看，其中一张居然是我脖子上悬的"雨云"。我讶异，这滑头，把我一切都占为己有！真厉害。

主席并没有表示青睐，把我的设计掷下，冷笑一声，"这种东西，十多年前嬉皮士流行过，三个铜板一个，丁零当啷一大串。"

"太轻佻，没有诚意。"另一位要员亦摇头。

我低头看自己的手，运气大概要告一段落了，我不应遗憾它的失落，我只有庆幸它曾经一度驾临。

散会时我们已被黑衣组攻击得片甲不留。

我默然。

出到电梯，主席的女秘书追出来，"等一等，等一等。"

我没好气，"什么事？要飞出血滴子取我们的首级？"

女秘书脸红红，"我见你胸前的饰物实在好看，请问哪里有卖？"

我气曰："这种轻佻的饰物？是我自己做的，卖给你也可以，港币两百元，可不止三个铜板。"

　　谁知秘书小姐马上掏出两百元现钞，急不可待地要我将项链除下。我无可奈何，只好收了她的钱，把她要的交给她，她如获至宝似的走了。

　　在电梯里我的面色黑如包公。

　　老张说："胜败乃兵家常事。"

　　"幸亏我尚有生活费。"我说。

　　"他们的内部在进行新旧派之争，凡是旧人说好的，他们非推翻不可。"

　　我苦笑，"看样子我们要休息了。"

　　"不，"老张很镇静，"我们将会大力从事饰物制作。"

　　我愕然。

　　"两百块一件泥饼？"老张说，"宝贝，我们这一趟真的要发财了。"

　　"有多少人买呢？"我怀疑。

　　"香港若有五十万个盲从的女孩子，子君。"老张兴奋地说，"我们可以与各时装店联络，在他们店铺寄卖，随他们抽佣——如何？"

　　"我不知道。"我的确没有信心，"也许这团'云'特别好玩。"

　　"你一定尚有别的设计。"老张说。

　　"当然有。我可以做一颗破碎的心，用玻璃珠穿起来，卖二百五十元。"

　　"我们马上回去构思，你会不会绘图？"老张问道。

　　"画一颗破碎的心总没问题。"我说。

"子君，三天后我们再通消息吧。"

我们在大门处分手。

太冒险，我情愿有大公司支持我们。

穷则变，变则通，我只剩下大半年的生活费，不用脑筋思考一下，"事业"就完蛋。

回到公寓我怔怔的，尝到做艺术家的痛苦：绞脑汁来找生活，制作成品之后还得沿门兜售，吃不消。

忽然之间觉得写字间也有它的好处：上司叫我站着死，干脆就不敢坐着生，一切都有个明确的指示，不会做就问人，或是设法赖人，或是求人。

现在找谁帮我？

又与老张生分了，没的商量。

黄昏太阳落山，带来一种天地玄黄、宇宙洪荒式的孤独。

我出门去逛中外书店，买板书、2B铅笔、白纸、颜料，最后大出血，在商务买套聊斋，磨着叫售货员打八折，人家不肯，结果只以九折成交。

我也不觉有黄昏恐惧，一切都会习惯，嘴里嚼口香糖，捧着一大盒东西回车子，车窗上夹着交通部违例停泊车辆之告票一张。

"屎。"叹息一声。

这个车如流水马如龙的社会，不使尽浑身解数如何生活，略一疏忽便吃亏。

刚在感想多多之际有人叫我："子君？"追上来。

我转头，"涓生。"

"子君。"他穿着件晴雨褛，比前些时候胖了，可怕。

我看看他身后，在对面马路站着辜玲玲以及她的两个子女。那女孩冷家清已经跟她一般高，仍然架着近视眼镜，像个未来传道女。

想到我的安儿将是未来艳女录中之状元，我开心得很。

"子君。"涓生又叫我一声。

我仍然嚼口香糖。

"你怎么穿牛仔裤、球鞋？看上去像二十多岁。"他说。

我微笑。

他拉拉我的马尾巴。

"好吗？"涓生问，"钱够用吗？"他口气像一个父亲。

那边辜玲玲的恼怒已经形于色。

我向他身后努努嘴。

他不理会，帮我把东西放进车尾厢。

"谢谢。"

"我们许久没见面了。"

我不置可否，只是笑。自问笑得尚且自然，不似牙膏挤出来那种，继而上车发动引擎。

我看见辜玲玲走上来与史涓生争执。

亦听见涓生说："……她仍是我孩子的母亲。"

我扭动驾驶盘驶出是非圈。

回到家我斟出一大杯苹果酒，简直当水喝，用面包夹三文鱼及奶油芝士充饥。

我作业至深夜，画了一颗破碎的心，一粒流星，还有小王子及他那朵玫瑰花。

"再也不能够了。"我伏在桌上，倦极而叫，如晴雯补好那件什么裘之后般感叹。

真是逼上梁山，天呀，我竟充起美术家来。我欣赏画好的图样，自己最喜欢小王子与玫瑰花。小王子是胸针，玫瑰花是项链，两者配为一套，然而我怀疑是要付出版权费的，不能说抄就抄，故世的安东·修伯利[1]会怎么想呢？

老张说："管他娘，太好了。"

我瞪着他。这个张允信，开头我参加他的陶瓷班，他强盗扮书生，仿佛不是这种口气这个模样，变色龙，他是另外一条变色龙。

我捧着头。

"你腕上是什么？"

"呵。"我低头。

糟，回来一阵忙，忘了还债给翟君这只手镯所花的费用。

"很特别。"老张说。

"是。"

他怎么样了？仍然来回三藩市与温哥华之间？仍然冷着一张脸频频吸烟？

翟君替我拍的照片如何了？

想念他与想念涓生是不一样的。对于涓生，我现在是以事论事，对于翟君，心头一阵牵动，甚至有点凄酸，早十年

---

[1] 即安东尼·德·圣埃克苏佩里，著有《小王子》。

八年遇见他就好。

"——你在想什么，子君？"

"没什么。"

"别害怕，我们会东山再起。"老张说，"去他妈的华特格尔造币厂。"

"我明白，我不怕。"我喃喃地说，一边用手转动金镯子。

史涓生当天下午十万火急地找我。

他说平儿英文测验拿零分，责备他几句，竟耍赖坐在地上哭足三小时，他奶奶也陪着他哭。

我知道这种事迟早要发生，有贾太君，自然就有贾宝玉。

好，让我来充当一次贾老政。

赶到史家，看见平儿赖在祖母怀中，尚在抽抽搭搭，祖母心肝肉地喊，史涓生铁青脸孔地站在一旁。

我冷冷地说："平儿，你给我站起来，奶奶年纪大，还经得你搓揉？"

余威尚在，平儿不敢不听我的话。

"为什么不温书？"

他不敢回答。

我咳嗽一声，放柔声音，"为什么会拿零分？"

平儿愤愤地说："老师默读得不清楚，大家叫她再读一次她又不肯，我们全班听不清楚，都得了零分。"

我瞠目，小学生胆敢与老师争执，这年头简直没有一行饭是容易吃的。

平儿说下去："她是新来的，头一次教书，有什么资格教五年级？顶多教一年级。”

我听得侧目，明知道不应该在这个时候笑，但也骇笑起来。

五年级的小学生，因他们在该校念了五年，算是老臣子，厕所、饭堂的地头他们熟，竟欺负起老师来了。难怪俗语云：强龙不斗地头蛇。人心真坏。

“她只配教一年级？”我反问。

“是，她不会教书。”

我叹口气，不知道说什么才好。在大人眼中，一年级与五年级有何分别？在小人物眼中，大人是有阶级之别的，五年级简直太了不起。我连带想到布朗对我们作威作福的样貌，可是他一见可林钟斯，还不是浑身酥倒，丑态毕露，原来阶级歧视竟泛滥到小学去了，惊人之至。

我问：“你要求什么？换老师？换学校？没有可能的事，老师声音陌生，多听数次就熟了。”

涓生在一旁说：“我去跟校长说说。”

“算了吧，”我转向他，“就你会听小孩子胡诌。坏人衣食干什么？大家江湖救急混口饭吃，得过且过，谁还抱着作育英才之心？连你史医生算在内，也不见得有医者父母心。”

史涓生被我一顿抢白，作不得声。

“你，”我对平儿说，“你给我好好念书，再作怪我就把教育藤取出侍候，你别以为你大了我就不敢打你。”我霍地站起来。

"你走了？"涓生愕然，"你不同他补习英文？"

"街上补习老师五百元一个，何劳于我？"

"你是他母亲。"涓生拿大帽子压我。

"你当我不识英文好了。"

"子君，你不尽责。"

我笑笑，"你这激将法不管用。"

"你一日连个把小时都抽不出来？"涓生问我道，"你一点都不关心孩子？"

史老太太到这时忽然加插一句："是呀。"

"我觉得没有这种必要。"我取起手袋。

"铁石心肠。"史涓生在身后骂我。

我出门。

史家两个用人都已换过，我走进这个家，完全像个客人，天天叫我来坐两个钟头，我吃不消。是，我是自私，我嫌烦，可是当我一切以丈夫孩子为主的时候，他们也并没有感激我，我还不如多多为自身打算为上。

当夜我梦见平儿长大为人，不知怎的，跟他的爹一般地长着肚子，救生圈似的一环脂肪，他的英文不及格，找不到工作，沦为乞丐，我大惊而叫，自床上跃起，心跳不已。

我投降。

我不能夜夜做这个噩梦，我还是替平儿补习吧，耍什么意气呢。

待我再与史家联络的时候，老太太对我很冷淡，她说："已请好家教，港大一年生，不劳你了。"

我很惆怅。

世事往往如此，想回头也已经来不及，即使你肯沦为劣马，也不一定有回头草在等着你。

我从来没有这么孤立过，一半要自己负责。

安儿写信来："……翟叔有没有跟你联络？"

没有。

没有也是意料中事。

你当是写小说？单凭著书人喜欢，半老徐娘出街晃一晃，露露脸，就有如意郎君十万八千里路追上来。没有的事，咱们活在一个现实的世界里。

我想写张支票还钱给他，又怕他误会我是故意找机会搭讪，良久不知如何举棋。

对他的印象也渐渐模糊，只是感叹恨不相逢青春时。

三十六足岁生日，在张氏作坊中度过。

我默默地在炮制那些破碎的心。

老张在向我报告营业实况。据他说来，我们的货物是不愁销路的。

唐晶有卡片送来，子群叫我上她那儿吃饭。安儿打来贺电。

不错呀。我解嘲地想：还有这许多人记得我生日。

史涓生，他不再有所表示。

我终于活到三十六岁，多么惊人。

"我拿图样跟一连串中等时装店联络过，店主都愿意代理。"

"中等店？"我自鼻子哼出来。

"看！小姐，华伦天奴精品店对你那些破碎的心是不会有兴趣的。"

"怕只是怕有一日我与你会沦落到摆地摊。"我闷闷不乐。

"你可有去过海德公园门口？星期日下午摆满小摊，做够生意便散档，多棒。"

我说："是的，真潇洒，我做不到。"

"子君，你脱不掉金丝雀本色。"

"是的。"我承认，"我只需要一点点的安全感。"

老张自抽屉里取出一件礼物，"给你。"

"我？"

"你生日，不是吗？"

"你记得？"

他摆摆手，"老朋友。"

"是，老朋友，不念旧恶。"我与他握手。

我拆开盒子，是一枚古玉镶的蝴蝶别针。

"当年在嚹罗上街买的。"他解释，"别告诉我你几岁，肖蝴蝶的人是不会老的。"

他把话说得那么婉转动听，但我的心犹似压着一块铅，我情愿我有勇气承认自己肖猪肖狗，一个女人到了只承认肖蝴蝶，悲甚，美化无力。

电话响，老张接听，"你前夫。"

我去听，史涓生祝我生日快乐。我道谢。

我早说过，他是一个有风度的知识分子，做丈夫的责任他舍弃了，但做人的规矩他仍遵守。我不止一次承认，不枉我结识他一场。

"有没有人陪你？"涓生说。

"没有。"我说。

"今年仍然拒绝我？"

"你出来也不方便。"我简单地说，"别人的丈夫，可免则免。"还打个哈哈。

"你的礼物——"

"不必了，"我冲口而出道，"何必珍珠慰寂寥！"

他默然，隔了很久也没有收线，我等得不耐烦，把话筒搁上。

老张把一切都看在眼内，他闲闲地说道："子君，你最大的好处是不记仇。"

我苦笑。人家敢怒不敢言，我连怒也不敢，即使把全世界相识的人都翻出来计算一遍，也一个不恨，除了恨我自己。

"同你出去好不好？去年咱们还不是玩得很高兴吗？"

我摇摇头。

"我同你到杨帆家去，叫他唱《如果没有你》给我们听听。"

我摇摇头。

"到徐克那里去看他拍戏，他也许已经拍到林青霞了。"

"别骚扰别人。"

"我新近认识郑裕玲，这妞极有意思，多个新朋友，没什么不好，我介绍给你。"

我说："人家哪儿有兴趣来结识我。"

"子君，是不是我上次把话说重，伤害了你？"

"没有，老皮老肉，又是老朋友，没有了。"

"子君，我害怕，你脸上那种消极绝望的表情，是我以前没看见过的。"

我想到那个梦，在梦中看见那个自己，就是老张现在看到的子君吧。你别说，是怪可怕的。

"我很累，我要回家。"

"子君——"

"不会有事的，我总有力气同环境搏斗。"

但其实巴不得一眠不起，久不久我会有盼望暴毙的时刻。

到家，电话铃不住地响。

准是子群。

好心人太多了。

我取起话筒。

"子君？"是个男人。

"是我。哪一位？"

"子君，我是翟有道，记得我吗？"

记得，记得。原以为心头会狂跳，谁知却出乎意料地平静。"你在哪里？"我听得自己问。

"在香港。"

"你到香港来？干什么？"

"讨债，你欠我一百五十美元，记得吗？"他笑，"代你垫付的。"

"是的是的。"

"还有送货，你有一沓照片在我此地。"

"是的是的。"

"其实我是来做生意的。"

"是的。"

"我们可以见个面吗？"

"今天？"

"今天！今天只剩下六小时，为什么不呢？"他说，"出来吃顿饭可好？"

"你住哪里？"

"我爹妈的家，在何文田。"

"我们在尖沙咀码头等。"

"旗杆那里？"他问。

真要命，十七岁半之后，我还没有在旗杆那里等过人。

放下话筒，简直呆住。

翟君回来了，而且马上约见我。

我飞快地装扮起来，飞身到尖沙咀码头，比他早到，站在那里左顾右盼，不由得想起小时候的情况来：约男朋友的地点不外是大会堂三个公仔处、皇后码头及尖沙咀码头。

我低下头笑，谁会想到若干年后，我又恢复这种老土的旧温情？安儿知道的话，笑歪她的嘴。

翟君来了。

他就是走路，也充满科学家的翩翩风度——我知我是有点肉麻，不过能够得到再见他的机会，欢喜过度，值得原谅。

翟有道淡淡地向我打招呼，一边说："天气真热。"

我这才发觉自己已经出了一身汗，白色衬衣贴在身上，是紧张的缘故。

他打量我，"你还是一样，像小安的大姐。"

我笑笑，"小安好吗？"

"这次我直接自三藩市来，没见到她。"

"我的电话、地址不是她给你的？"我问。

"呵，是我早就问她要的。"他伸手进袋。

我窝心一阵，颇有种大局已定的感觉。

"子君，打算带我到哪儿去吃饭？"

"你爱吃什么？"我问。

"自制班戟，加许多蜜蜂酱那种。"他提醒我。

我微笑，"明早再吃吧，现在去吃些普通点的海鲜。"

"白灼虾，我最喜欢那个。"

"我请客。"

他并没有与我抢付账。

饭后我们一起散步。

我问："你在香港要逗留多久？"

"多久？我不回去了，我是应聘而来的。"

"啊？"我喜出望外，张大嘴，愕然得没有表情。

他是为我而来？不不，不可能，一切应在机缘巧合，他到了回家的时候，我偏偏又在这里，他在此地没有熟人，我们名正言顺地熟络起来。

　　这也已经够美好了，我并不希冀谁特地为我千里迢迢赶来相会，凡事贵乎自然。

　　"很多事不习惯，"他摸摸后脑，"回来才三天，单看港人过马路就吓个半死，完全不理会红绿灯。"

　　我笑，"为什么忽然之间回来？"

　　"不知道，想转变环境。父母年事已高，回来伺候在侧也是好的。"

　　我鼓起勇气，推销自己："你有空会常常跟我联络吧？"

　　"哦，自然。"

　　"家中可多亲戚？"

　　"很多。"

　　大概都忙着同他介绍女友，我想，无论结局如何，多翟君这个朋友，绝对是好事。

　　当夜他送我返家。在门口我同他说："好久没这么高兴了。"的确是衷心话。

　　他说："我也一样。"他的表达能力有进步，比在温哥华好得多。

　　我们依依不舍地道别。

　　第二天我边工作边吹口哨。

　　老张白我一眼，不出声。

　　我吹得更响亮。

　　他忍不住问："什么时候学会的？"

　　"开心的时候。"

　　"是吗？你也有开心的时候？"

他揶揄我。

我不与他计较，继续哼哼。

"第一批货，共三个款，每款三十种，已全部卖清。子君，你的收入很可观，我将开支票给你，不过店主说项链如能用彩色丝带结，则更受欢迎。"

我耸耸肩，"我无所谓，一会儿就出去办。"

"你再想些新款式如何？"

"暂时想不出来。"我擦擦手。

"发生什么事？"他疑惑地问，"子君，原谅我的好奇，但我无法想象昨日的你与今天的你是同一个女子。"

我太开心，要全球享用我的欢欣，冲口而出："老张，他来了，他来看我。"

"啥人？"

"喏，我跟你说过的那个人。"我有点腼腆。

"啊，他来看你？"老张放下手中的泥巴。

"不是特地。但无论如何，我们昨天已开始第一个约会。"我说。

老张脸色凝重。

"怎么？你不替我的好运庆幸？"

"他爱你？"

"老张，活到这一把年纪，什么叫爱，什么叫恨？"我说，"我们于对方都有好感。"

"子君，别怀太多希望，本质来说，你仍然是很天真的一个人。"老张批评，"不够专业化。"

我笑问："做人还分专业化、业余化？"

"子君，"老张说，"告诉你，这件事情未必顺利，他接受你，他的父母未必接受你。"

"言之过早，"我说，"不知多少年轻女孩看着他晕浪，他未必会挑我。"

老张凝视我，"子君，你瞒不过我，你若没有七分把握，就不会喜上眉梢。"

这老狐狸。

"年轻小妞有很多不及你，子君，你这个人可有点好处。"

青春以外的好处？恐怕站不住脚。

"他知道你的过去？"老张问。

好像我有什么见不得人的案底。

我很戏剧化地说："我都同他讲了：我曾是黑色九月的一分子，械劫诺士堡又判过三十年有期徒刑，金三角毒品大量输入北欧也是我的杰作。婚前最重要的是坦白，是不是？"我瞪大双眼看着老张。

"你是益发进步了。"老张被我气得冒气泡。

"过去，过去有什么好提？"

"他知道你有孩子？"老张锲而不舍。

"知道，"我说，"他同安儿是朋友。"

"你有前夫。"

"没有前夫何来孩儿？"我说，"唏，天下又不是剩我一个离婚妇人，拿我当怪物，人家辜玲玲何尝不是两个孩子之母，还不是俘虏了史涓生医生吗？"

"史涓生是弱能人士，"老张咕哝，"他不是。"
"好，我听你的劝告，我不会抱太大的希望。"
我埋头做我的陶瓷。

十二

醒来时空中小姐在派橘子水，
我摆摆手示意她别吵醒翟君，她会心地离开。

隔了约半小时，老张忽然问："他是否英俊？"

我一怔，"谁？呵，他？很英俊，有极佳的气质。"

老张说："奇怪，我还以为这一类男人已濒临绝种，竟叫你遇上，哪里来的运气。"

"唐晶亦遇到莫家谦。"我抗议说。

"唐晶的条件好过你很多，子君，相信你也得承认。"

我说："我们改变话题吧，有进展我再告诉你。"

"你会结婚，我有预感，你会同他结婚。"

我紧张起来，"老张，不知怎的，我也有这个感觉，我认为我会结婚。"

"艺术家的第六感是厉害一点。"他喃喃自语。

我不敢说出来，我其实不想结婚，我只希望身边有一个支持我、爱护我的男人，我们相依为命，但互不侵犯，永远维持朋友及爱侣之间的一层关系。

天下恐怕没有这么理想的营生，但我又不敢放弃他，所以只好结婚。

曹禺的《日出》中，陈白露有这样的对白："好好的一个男人，把他逼成丈夫，总有点不忍。"

但是三十六岁的女人已经没有太多路可供选择。

结婚还是比较理想的下场。

我不是浪漫型的女人，如果绵绵无绝期地跟一个男人同居，我会神经衰弱，引致脸皮打皱。

"结了婚，我就失去你了，子君。"老张惋惜地说。

"怎么会？"

我说："我一定会做事，我受过一次教训，女人经济不独立是不行的。"

"他那种人家，怎么会放你出来对着一个不男不女的所谓艺术家捏泥巴？"老张沮丧地说。

我震惊，"老张，不可妄自菲薄。"

"你们这些女人，自一座华厦出来，略吃点苦，又被另一个白色骑士接去享福。"

我大笑起来，"听，谁在讲这种天真话？白色骑士，哈哈哈，我这个年纪，别从马上摔下来跌断老骨头才好。"

"我要失去你了。"他没头没脑地重复这句话。

翟君在炎热的天气下与我约会。

他不喜困在室内，我们常常去到一些莫名其妙的地方，像市政局辖下管理的小公园。大太阳，浑身汗，他给我递过来一罐微温的啤酒，也不说什么话，就在树荫下干坐着，从某一个角度来说，是非常够情调的，在我们身边的都是穿白色校服的少男少女，我们俩老显得非常突出非凡。

信不信由人，感情还是培养出来了。公园草地长，飞蚊叮人，我忍不住就在小腿上拍打，"啪啪"连声，为对白打拍子，增加情趣。

我觉得很享受，但不十分投入，有时很觉好笑，照说成年男女交往不是这样的，应该理智与肉欲并重，心意一决定就相拥上床才是。

不过我们没有这样做。

三五次约会之后，我肯定他没有见其他的女子，非常窝心，便缓缓诉说心事，他"嗯、嗯"地聆听，很有耐心，但对于他，我一无所知。

我亦不想知道。

一天早上，我起床梳头，对牢亮光，忽然瞥到鬓角有一根白发，我以为是反光，仔细一瞧，果然是白发，心头狂跳，连忙挑出拔下，可不是。

雪白亮晶自头至尾的一根白发！

我的心像是忽然停顿下来。我颤巍巍地站起来，不知如何是好，完了，白头发，什么都没做，头发已经白了。

我该怎么办？拔下所有白发？染黑？抑或剪短？

过半晌，我听得自己吟道："多情应笑我，早生华发。"

我伏在桌面上"咯咯"笑起来。

尚有什么可说的？头发都白了。

翟君的白发看上去多么美观，男人始终占尽优势。

后来当他建议要到山顶旧咖啡厅去的时候，我就没有反对。

在我眼中，他显得更可贵。

头发没有白之前，不会有这种感觉。

我们相对喝了许多啤酒。

天渐渐下起雨来，把我们留在咖啡座近落地长窗的位置上。

露天的竹架长有紫藤，叶子经雨水洗涤后青翠欲滴，花是玫瑰红的，更衬得瑰丽。

另一边是水塘，骤眼望去，俨然一派水连天的烟雨景色。

我笑说："不多久之前，他们这里还有佩蒂·蓓艺[1]的唱片《田纳西华尔兹》，把整个情调带回五十年代去。"

翟君默默点头，"我以前也来过这里，大学时期同女生约会，此处是理想之处。"

"女同学呢？"

"老了，大概忙着挑女婿。"他很惆怅，"当年卖物会中的小尤物小美女，如今又老又胖。"

我又将苏东坡的词抖将出来，"纵使相逢应不识，尘满面，鬓如霜，"我加一句，"我相信你还是老样子。"

"你瞧我的皱纹。"他有点无奈，"爹妈都说我非常沧桑。"

我无言。

整个餐厅只剩下我们两人。

他忽然把大手放在我手上。

"你没有留长指甲。"翟君说。

---

[1] 即帕蒂·佩姬（Patti Page），美国歌手。

　　"不行呵，你也知道我现在做这一行……"我没有把手缩回来。

　　他的手很温暖很温暖。

　　"结婚，是很复杂的一件事吗？"他淡淡地带起。

　　我有点紧张，又有点悲哀，这一刻终于来临，但我并没有太快乐，我只有种如释重负的感觉。

　　我说："未必，丰俭由人。"

　　呵，我真佩服自己，到这种关头还可以挥洒自如地说笑。

　　他点点头，半晌没有下文。

　　翟君这人是这样的，思考的时候比说话的时候多。

　　又过很久很久，雨渐渐止住，他说："走吧。"

　　我便与他站起身就走。

　　他终于提起婚事。

　　我并不觉得有第二个春天来临，但我会得到个归宿。

　　紧张逐渐过去，我觉得一点点高兴，渐渐这点高兴就像一滴墨滴入水中，慢慢扩大，一碗水就变成淡黑色，淡黑，不是浓黑。

　　我现在的快乐，也就止于此。

　　消息很快传开。

　　子群诧异地问："姐，你在行蜜运。"

　　"谁说的？"我不想承认，万一不成，也不必难下台。

　　"姜太太。"

　　"谁是姜太太？"我莫名其妙，这些神秘的包打听。

　　"同姜先生离了婚的姜太太。"子群说，"那个爱穿灯笼裤的老女人。"

"你说她老？恐怕她不承认。"我记起来了。

"也许只有三十多岁，但却老给我一种住家风范，"子群笑，"你是不是在蜜运吗？"

我抢着问："这个姜太太怎么说？"

"她说看见你跟一个男人看电影，亲密得很，跑来问我，我说不知道。"

"姜太太以为我不肯透露，便朝我道：维朗尼加，如果史医生太太还嫁得掉，我应该没问题，是不是？"

子群一脸笑容。我想到姜太太穿着灯笼裤，背着金色小手袋的模样，忍不住伏在桌上笑得呛咳。

我抬起头来，"她以为我跟她条件相仿，我如有男友，她也能有人追。"

子君点点头，"不错。"

我问："那为什么伊丽莎白·泰勒嫁过七次，有些女人一世做老姑婆？"

"你问她去。"

"我比姜太太可爱得多了。"我夸张地做个神气状。

子群也凑趣地说："谁有胆子把你们两个人的名字一块儿念？"

我还在琢磨这个女人的话。

子群："你别说说就说到别处去，这消息到底是真是假？"

"真的，我们还在走的阶段。"

子群跳起来，"真的？人品怎么样？"

“一等一。”

“哗，身家清白？职业高贵？”

“然。”

“几时让我们见见？”

“十画还没有一撇，见什么？”

“你们到什么阶段了？”

我仰起头想一想，“喝啤酒的阶段。”

“当心变为兄弟姐妹！”

我笑一笑。

“他知道你的事？”又来了。

“是安儿介绍我们认识的，你说他知不知道？”

“安儿，越来越糊涂。”

于是我将来龙去脉说一遍。

子群张大嘴，“奇遇奇遇，姻缘前定。”

我说：“我还没嫁过去呢。千万不要把这件事在爹妈面前提起，还有大哥大嫂，反正嫁得掉大家坐下来打牙祭有顿吃。”

“请他们吃？他们不配。”子群噘嘴，“人谁没有高低起落，就咱们一家特别势利。”

我沉默一会儿，“也许我在得意的时候颇有小人踌躇满志之态，得罪人。”

“姐，你怎么把一切事都揽上身？”她有点不忍道。

“唉，我特别喜欢别出心裁，独树一帜，我不姓赖，凡事都是我自己学艺不精：老公跑掉，我学艺不精，与人无尤；

家人瞧不起我，亦是我学艺不精，不讨人喜欢。"

子群不搭腔。

我叹口气。

她说："你要把他抓紧。"

"我有多大的力气，能把他抓住？也得牛肯饮水啊，所以像姜太太之流，也未免将自己估价太高。女人到我们这个阶段，被动多过主动，要不就人到无求，品格高尚地做老姑婆。"

"哪儿来这许多牢骚。"子群笑。

"这年头，要男人娶你，还是不容易啊。"我感触。

"老姐，我看好你，你努力一下，绝无问题。"她挤挤眼睛。

"你少同我嬉皮笑脸的，我剥你皮。"

结婚吧，出尽一口乌气，免得姜太太之流老想与我平身。许到时她又说："子君居然嫁掉，那咱们也有希望。"

悠悠人口，如何堵得住？让她高兴一下吧，我不应吝啬，助人为快乐之本。

因翟君垂青的缘故，我恢复自信，容光焕发，人们一直说：女人在恋爱中到底不一样。不不，完全不是这回事，完全与恋爱无关，不知如何会有这种讹传。

就像人们对爱情的看法错了好几个世纪，爱情是甜蜜的。他们说：每个人一生之中至少应当爱一次。我的看法略有出入，爱情是一场不幸的瘟疫，终身不遇方值得庆幸。

结婚与恋爱毫无关系，人们老以为恋爱成熟后便自然而然地结婚，却不知结婚只是一种生活方式，人人可以结婚，简单得很。

爱情……完全是另外一回事。

只有在言情小说中，男男女女遇上，没头没脑地相爱，至今我想破了头，也不懂得黄蓉如何爱上郭靖。

我之容光焕发，由一种胜利的快乐感觉所引起：仍然有人欣赏我，我不寂寞，我有了寄托。

把感情分析得这么纤毫毕现，实在太没意思，我也希望我可以说：我在恋爱。

很快我就摸熟翟君的脾气以及生活上的细节。

大致上我们两人也有相同的地方。譬如说年龄相仿，都不计较吃，比较爱静，选淡雅的素色来穿，喜阅小说，早睡等。

他待人比我更冷淡。

我自唐晶走后，只余老张，他呢，全无交际。

问他如何做得到。他说："人家请我吃饭，我不去，我又永远不请人家吃饭。"

我笑，说穿了不外如此简单。坊间有不少经纪人之类，晚晚告诉妻儿他有推不掉的应酬，益发显得滑稽。

每隔三五天，子群就来追问："你们要拉天窗了没有？到底拖什么？成年人三言两语，一拍即合，难道还要约在冰室内叫一杯冰激凌苏打用两根吸管额头顶着额头对饮不成？我嘴巴痒极，就快熬不住，要把你这大喜的信息泄露出去。"

"使不得使不得。"我连忙说。

"左右不过是告诉爹妈，为什么不呢，让他们高兴一下。"

"他们从来没有代我高兴过，请问此刻又如何高兴得起来？"

"也许知道你的喜事，会对你改观。"子群说。

"我不管他们想什么。"

子群还是喜滋滋地去告诉父母。

两老的反应相当别出心裁，我与子群都没有料到。

老母说："又结婚？"顿时板起脸，"对方是个什么人？她现在不是顶好？史家还很眷顾她，莫弄得驼子跌跤，两头不着。一会儿又得生孩子，一大堆儿女不同姓氏，太新鲜的事，我们适应不来。"

子群很生气，跑来向我诉苦。

我说："是不是？现在你成为小人，到处讲是非。"

"她怎么可以说这种话？你是她亲生女儿呀。"

"你问我，我问谁？"我不在乎。

"你对他们一向不错，那时候要什么都叫你跟史涓生磨。"

那时候……现在再有机会，我也不会一面倒，女人对娘家的痴心要适可而止。

"老娘还说些什么呢？"我问。

"叫你抓紧他的钱。"

"我一向没这个本事。"

"他有没有钱？"

"不知道。"

"看情形？"

"不太会有。"

"姐姐——"

"我知道你要说些什么，我目前的情况我自己最了解。"我笑，"不劳大家操心。"

"你很快乐？"子群问道。

女人最享受的是这一段时光，责任尚未上身，身边又有个可靠的人。

我以翟君为荣，无论在什么场合遇到熟人，都把他介绍出来，我尽量做得含蓄，希望不会引起反感。

我偷偷地跟翟君说："拿你来炫耀。"

他答："我的荣幸。"

到第三个月的时候，他便安排我见他的父母。

两老无疑是老派人，却不寻常地慈祥及明理。一句闲话都不问，对于我的学历、职业、背景、年龄一言不提，处处传达出"只要儿子欢喜，我们也喜欢"的信息，我深深感动，突然有种图报知遇之恩的冲动。

见完爹妈我俩找了间咖啡馆吃蛋糕，刚坐下，有人一只手搭在我肩膀上，我直觉的反应便是拂开那只手，且不管是男是女。接着抬头一看，是可林钟斯，我更是怒形于色地瞪着他。

可林钟斯尴尬地呆一会儿，忽然说："对不起，我认错人了。"

翟君略为提高声音："下次看仔细些。"

可林钟斯欠欠身离开。

我连忙分辩："这个人……"

翟君打断我道："不要再去说他。"

我沉默一会儿，"我以前的事……"

他连忙说："谁关心呢？"

衷心感动之余，鼻子有些微发酸，尚不忘耍嘴皮子，"以前我拿过诺贝尔奖呢，也不关心？"

他侧侧头，"对不起，一视同仁，作不得数，明年请再努力。"

我大笑起来，笑出眼泪。

第二天可林钟斯打电话来，被我臭骂一顿。

"干吗动手动脚，人人搭我肩膀，我岂不是累得发酸？大庭广众之间，你故意暧暧昧昧的，想引起谁的误会？你这个长毛鬼，下次再不检点，我召警拉你。"

隔很久他才有反应，他说："你很重视他。"

"牛头不对马嘴。"

"看得出你在乎极了。"

我不响。

"所以连老朋友也一笔勾销，"他叹口气，"对他，你是认真的。"

我仍然不出声。

"他们都说你已经找到对象，我还不信，亲眼看到你对他倾心的模样……"可林钟斯说。

是，他说得对，我对翟君是倾心的。他的性格全属光明面，可说是几乎没有缺点，我对他没有怀疑。

"他比我好多了。"

我愕然，"什么？"

"他胜我十倍，败在此人手中，我心服口服。"

听见可林钟斯称赞翟君，我欢喜得笑出来，嘴巴尚不饶他，"要你服？听在别人耳中，还以为我跟你有什么关系。"

钟斯说："小女人得志。"

我收敛笑容，"可林，祝我幸福。"

"我衷心祝你幸福。"这外国人有他可爱之处。

"从此钟郎是陌路。"他苦笑说。

"咦，你打哪儿学来这一句中文？"

"再见，子君，祝福。"

"再见，可林，你也一样。"

这个阶段最快意，我不知翟君的缺点，他也不知我的弊端，大家眼中的对方，都是人中之杰。每天装扮好了才见面，说说笑笑地纯娱乐，到傍晚一声再见，互不拖欠，假如我们能够生生世世地这般过日子，倒也是神仙眷属。

老张恐吓我，"但不久你就要为他打整衣服、放洗澡水、做早餐、赴宴，与他家里那些老人打交道，担心他事业的发展，顺带留神有没有小妞缠住他，你怕不怕，子君？"

我很坦白，"怕。"

"你别说，子君，独身有独身的好。"

"然，不过都是小道，结婚算是最得体的制度。"

"虽千万人，吾往矣？"

"有什么办法？"我言若有憾。

"心里还是很乐意，是不是？"

我侧着头想一想，"为他……是很值得的。"

"我倒真想见一见这个人。"

"一会儿他来接我。"

"啧啧啧，到底不一样。"老张调笑我，"有人接送了，你那辆破车也可以报销。"

我也笑，"早知如此，我也不必千辛万苦地去考车牌。真是的，见到考官，双腿直抖，太不争气。"

老张凝视我，"子君，你的神气，犹如一个小孩子般，一切创伤无痕无恨。"

"是的，据说这是我最大的优点，"我拉拉面颊的肉，"皮厚，什么都装作没发生过。端把椅子，自己噔噔噔地下台来了，管你们说些什么。"

老张跷起大拇指，一声"好"未出口，大门就响起"笃笃"声。

我飞快地去开门，"来了。"

老张没好气，"好一只依人小鸟。"

翟君进来，我同他们介绍。

老张一眼就接受了他。

事后他说："因他有种高贵的气质，不错的男人。"

我说："即使你说他错，恐怕我亦得嫁他。"

老张白我一眼。

"这是本世纪女人最大最好的机会。"我有点夸张。

"是吗，"老张不服气，"那么辛普林太太呢？"

"我比她快乐。"我抢答。

过半晌，老张点点头。

在这次见面中，翟君参观我的工作环境，他想看我的"作品"，我涨红脸。无论如何不肯取出，他一笑置之。老张异常生气，"又不是见不得人。"他骂我。

老张又向翟君要人，"每星期三个下午，保证她六时前离开这儿。我实在需要这个女人帮手，你如果让她坐在家里，太多空间，难保她不胡思乱想。"

翟君但笑不语。

老张又悄悄同我说："高手，投石问路，那石子掷向他，影踪全无，难测深浅，你不怕？你知道他心中想什么？"

我莞尔，"我根本不要知道他想些什么，知道才可怕呢？"

从老张家出来，翟君说："子君，我们结婚如何？"

这句话我等了很久，耳朵仿佛已听过多次，如今他真的说出来，却有点不真实的感觉。

我缓缓问："你想清楚了？"

他诧异地说："当然。"

"其实外头有很多十八二十二的女孩子等着嫁你这样的人才。"

他微笑，"这我早二十年已经知道。"

我紧张地说："那么让我们结婚吧，越快越好！"

真平淡。

爱情小说中的爱情都不是这样的。

然而这么平凡的经过，在旁人嘴里，也成为传奇。

大嫂来看我，三年来头一次，什么也没说，单对这头婚事啧啧称奇。

"……当然你是漂亮的，子君，但到底本港漂亮的女人仍有三十万名之多，真是千里姻缘一线牵，女儿做冰人。"她合不拢嘴，"我早跟大囵二囵说，你那两个姑姑，本事都一等一，要学她们一成功夫，也就受用不尽，可惜呀，她们都是大忙人，一年也不见到她们一次，没时间来指点你们一二……"

我打断她，"大嫂越发风趣了。"

"我们当然是盼望你好，子君。"

"这我也明白。"我相信她。

隔一会儿她问："他家里有没有钱？"

"我也想知道，可是如何着手调查呢？"我笑，"难道指着翟老先生喝问一声：'喂，从实招来，你们家中到底有资产若干，是否皆归子孙门下？'"

大嫂不悦，"子君，你才越来越风趣。"

"对不起。"

大嫂随即羡慕地说："子君，你真有本事……还生不生孩子？"

"我们没有谈及这个问题。"

"哦，什么都在婚前谈妥比较好。"她警告我。

我笑，"谈妥就结不成婚，凡事要快刀斩乱麻。"

"你是专家，你应当懂得。"

专家，我哈哈大笑起来，结婚专家，我。

大嫂被我弄得很尴尬。

子群在一旁白我一眼，"姐姐可不是乐开怀了，无端嘻哈大笑，当心变作十三点。"

如果唐晶在，她会知道，大笑百分之九十的用途是遮丑。

我怀念唐晶。

深夜的时候，算准钟数，拨电话给她。

她来接电话。

我喜悦地叫："唐晶。"

"是子君？"她不相信，"太破费，有事何不写信？"

我将我最近的遭遇同她说一遍。

"有什么感想？"我问。

"太破费了，花掉数百元电话费。"她的尖锐不减当年，给我来一招牛头不对马嘴。

"唐晶，你觉得怎么样？"

"子君，以你这般人才，抱定心思要再婚，不过是迟早问题。在某一个范围之内，你我是人尽可夫的，咱们又不谈恋爱，一切从简，我对这件事没有什么感想，但你可以料到当年我嫁莫氏的心情，你始终怪我不提早告诉你，事实上我真的认为不值得张扬。"

"一般女人觉得我们运气奇佳。"

唐晶说："我却觉得她们条件奇差。"

我笑。

"你快乐？"她问。

"不，不是快乐，而是一种安全感——我又回到原来的位置，以前一切可以当作没有发生过。"

我说："像小时候跟大人逛年宵市场，五光十色之余，忽然与大人失散，彷徨凄迷，大惊失色，但终于又被他们认领到，带着回家，当中经过些什么，不再重要。迷路是很可怕的一件事，场内再色彩缤纷，又怎么可以逛足一辈子。我不管了，只要回到干地上，安全地过日子，我不再苛求，快乐是太复杂的事，我亦不敢说我不快乐。"我哽咽，"你明白吗？"

唐晶沉默一会儿，"你想得太多，子君。"

"这几年来，空闲的时候比较多，非常自我膨胀。"

"你是应当高兴的，找到个匹配的人也不容易。"

"你呢？"

"挺着大肚子，很疲累，明知做人不外如此，还要生孩子，内疚之余，精神痛苦。"她高声笑。

我默然。

"该挂电话了。"

我们道别。

即使是结婚专家，也还得打点细节，至少要买件比较合理整齐的礼服。我走投无路，只好跑去做套旗袍，旗袍这种衣服真是中国女性的救苦救难观世音菩萨，无论什么场合都适用，你让我学辜玲玲那般戴了白纱穿了件短袖白裙再婚，我实在没这个勇气，别人的肉酸不要紧，我可以说他们妒忌，我只怕自己的鸡皮疙瘩落了一地，扫起来麻烦。

　　我参观了翟君在香港的房子，觉得很宽大又理想洁净，半新旧，装修简单含蓄，完全没有任何啰苏的东西，一个钟点女佣把杂物收拾得好不整齐。

　　我表示很满意，带支牙刷就可以住进去。

　　现在我也没有原则可言，性格弹性很强，能屈能伸，只要不触犯到我的自尊，一切可以商量。

　　我们决定旅行结婚。

　　试新衣的时候，翟君很惊喜。"多么美丽的旗袍！"他说。

　　回想起嫁涓生时的慌忙、排场、纷乱、无聊、热闹，现在宁静又温馨。

　　张允信的朋友小蔡说：每个人都应该结两次婚。一次在很年轻的时候，另一次在中年。年少时不结一次，中年那次就不会学乖，天下没有不努力而美满的婚姻，他说，所以要争取经验。

　　他当然是说笑，但夸张之余，也有真理。

　　涓生要送我结婚礼物，使我尴尬。

　　我不是一个新潮的人，这种大方我接受不了。

　　涓生忽然说："有什么关系？你知道吗？狄波拉嫁谢贤的时候，何某送过去一套万余元的银器，亲自往连卡佛挑了又挑。"理直气壮。

　　我既好气又好笑，这种影视界的小道消息，他无疑是从辜玲玲那处得来，如今史涓生医生的视平线大开，谈吐再也不比从前。

　　"是吗？那么你有没有打算到连卡佛去为我挑礼物？"

他却说："子君，你能够再结婚，我心头放下一块大石。"

"是的。"我会心微笑，"免得赡养费越来越贵。"

"我不是这个意思。"他不悦，"何必开这种玩笑。"

"是，我运气特别好，照说我今年只有三十六岁，嫁到这么一个人，也应满足。"

"听说他是个人才。"

"是。"

"比我——如何？"涓生忽然孩子气地问。

"比你好。"我不客气地答。

"你此刻自然这么说。"他大受刺激。

"我很公道。他的性格比你强，他知道他在做什么，而你从来不知道。"

他沉默。

过一会儿他问："你可爱他？"

"爱有很多种，自然，自然我爱他。"

涓生长叹一声，"平儿要见你。还有，我把你的……消息报告安儿了，她很替你高兴。"

"有劳阁下。"我说。

"你心情确是大好了。"

"不要这么说，人要知足，现在我什么都有，仿佛是可以振作起来，好好向前走。"

他无言，换了我是他，我也不会再说话，是他一拳打在我的脸上，使我眉青鼻肿，血污地倒在泥地中，但我站起来，挣扎着冲洗干净，换上了新衣，厚着面皮活下来，等到今天的机会。

　　我并没有向他耀武扬威今日的"成就"，报复？最佳的报复不是仇恨，而是打心底发出的冷淡，干吗花力气去恨一个不相干的人，过去的事不必再提。

　　奇怪的是史涓生见我不念旧恶，往往拉住我絮絮而谈，当我是老朋友。他真相信，我不记恨，一贯地迟钝？

　　与平儿的一席话使我心酸。

　　"爸爸说你要结婚，妈妈。"

　　他明澈的眼睛凝视我，像是要看穿我的心。

　　两年来，他长高许多，已不是可以一把拥在怀里的孩子。

　　我说："是。"

　　"你说过，妈妈，你是不会结婚的。"

　　"是。"我有点惭愧，那时真不该把话说死，什么事都有发生的机会。

　　"为什么又结婚？"

　　我无法作答，把心一横，当他是个大人，说出心里要说的话："因为他是一个很好的人，所以决定嫁给他。"

　　平儿点点头，"与他结婚，是不是你会比现在开心？"

　　"是的。"

　　我觉得平儿的问题有理至极，比若干大人（母亲、大嫂、涓生）的话更玲珑直接。

　　"他会不会对你好？"平儿又问道。

　　"会的。"我感动。

　　鼻子发酸，眼泪夺眶而出，用手帕接住。

"那么你就比较不那么寂寞。"平儿说。

我哽咽中带讶异，"你——你知道妈妈寂寞？"

"我猜想是。"平儿说，"你常常一个人坐着，不说什么，亦没有笑容。"

"我以为你已经不再爱妈妈了。"我的泪水如泉涌出。

真没想到小儿竟暗暗留意我的举止。

"我会见到他吗？"平儿问。

"不会，没有必要。"我说。

"奶奶很不高兴，"他说，"但姐姐写信给我，她说我们应当为妈妈庆幸。"

我更加泪如雨下。要命，怎么搞的，止都止不住。

接着平儿忽然取过我手中的布帕，替我擦泪。这个大头宝，竟然长大成人，懂得安慰母亲！不久之前，他天天上幼儿班，尚要我拉他起床，拍打香面孔讲故事后才肯上学，今日他居然替我擦干眼泪。

平安两儿，是我毕生成就。

我直哭到傍晚，眼睛肿得核桃般。翟君一贯地幽默，见到便说："不用问，一定是灰尘吹到眼睛里去了。"

我俩刚上飞机，一找到座位，就埋头苦睡。迷糊中我觉得翟君轻轻拉拉毛毡，盖在我身上。

我心一阵温暖，一般丈夫都会如此为妻子服务，我心安理得地睡着，一个梦都没有。

醒来时空中小姐在派橘子水，我摆摆手示意她别吵醒翟君，她会心地离开。

　　我朝自己微笑，伸一伸酸软的腰，欣赏一下左右无名指上的白金结婚环，简直不能相信的好运气，如此理想地便结束了我的前半生生涯。至于我的后半生……谁会有兴趣呢，每个老太太的生涯都几乎一模一样。

图书在版编目（CIP）数据

我的前半生 / （加）亦舒著 . -- 长沙：湖南文艺出版社，2021.5
ISBN 978-7-5726-0098-2

Ⅰ. ①我… Ⅱ. ①亦… Ⅲ. ①长篇小说－加拿大－现代 Ⅳ. ① I711.45

中国版本图书馆 CIP 数据核字（2021）第 036206 号

上架建议：畅销·小说

WO DE QIAN BANSHENG
我的前半生

作　　者：[加] 亦舒
出 版 人：曾赛丰
责任编辑：匡杨乐
监　　制：毛闽峰
策划编辑：李　颖　陈　鹏
特约编辑：孙　鹤
营销编辑：刘　珣　焦亚楠
版权支持：姚珊珊
封面设计：尚燕平
版式设计：李　洁
出　　版：湖南文艺出版社
　　　　　（长沙市雨花区东二环一段 508 号　邮编：410014）
网　　址：www.hnwy.net
印　　刷：三河市兴博印务有限公司
经　　销：新华书店
开　　本：775mm×1120mm　1/32
字　　数：193 千字
印　　张：9.5
版　　次：2021 年 5 月第 1 版
印　　次：2021 年 5 月第 1 次印刷
书　　号：ISBN 978-7-5726-0098-2
定　　价：49.80 元

若有质量问题，请致电质量监督电话：010-59096394
团购电话：010-59320018